魔幻偵探所

4

五號公路魔影

關景峰 著

新雅文化事業有限公司
www.sunya.com.hk

魔幻偵探所
人物介紹

南森

身分：魔幻偵探所創辦人、領頭羊

年齡：120歲

畢業學校：斯塔福德學院（伏魔系）

學位：博士

捉妖經驗：108年，獲得「捉妖能手」、「怪獸剋星」等稱號

性格：遇事鎮定、善於思考，生氣時聽到幾句好話氣就消了

最具殺傷力的武器：
顯形粉、細妖繩、無影鋼鐵牆

海倫

身分：魔幻偵探所成員，南森的得力助手

年齡：13歲

畢業學校：劍橋大學（法術系）

學位：學士

捉妖經驗：1 年

性格：開朗、逢事觀察細緻，吵架時總讓着本傑明

最具殺傷力的武器：細妖繩、凝固氣流彈

倫敦貝克街1號有一家 魔幻偵探所，
成員們精通魔法，法術高明，在一系列緊張
而又富於冒險性的偵探過程中，他們並肩作戰，
成功偵破了一宗又一宗錯綜複雜、
動人心魄的魔怪案件。

本傑明

身分：魔幻偵探所實習生
年齡：11 歲
就讀學校：牛津大學（捉妖系）
捉妖經驗： 3 個月
性格：聰明淘氣、遇事毛躁
最厲害的戰術：非常規戰術

保羅

身分：魔幻偵探所機械狗
年齡：100 歲
工作能力：無所不知的電腦資料
庫，善於用百分比分析事物
性格：異想天開、調皮、懶惰
最喜歡的食物：潤滑油
最具殺傷力的武器：追妖導彈

特級裝備

綑妖繩

能夠對準魔怪迅速旋轉收縮，將它綑緊綁實，繩子一旦落到魔怪身上，就像嵌入肉裏，魔怪越掙脫綁得越緊，當然放繩子時可要放得準才行。

無影鋼鐵牆

這堵牆其實就是氣流，它把氣流變成了無影無形的鋼鐵牆壁，能將敵人困在其中，衝不出去。

顯形粉

這是一種非常神奇的粉末，即使魔怪偽裝、隱形了也完全能顯現出它的原形。對了，「顯形」就是「現出原形」的意思！

裝魔瓶

能把魔怪收進裏面，使其在三天內化成清水的神奇瓶子。即使魔怪身形再龐大，也能收進瓶內。

幽靈雷達

能夠準確測定氣流存在的方位，並及時發出警報的裝置。它能跟蹤、測定魔怪在哪裏。不過，如果魔怪的魔力非常強，幽靈雷達有時候也可能測不到，它的更強大的功能還有待你去改進！

追妖導彈

能夠自動尋找魔怪，進行智能追蹤的導彈，這種導彈威力比較大，一般魔怪根本抵抗不了。

魔幻偵探開始行動！

目錄

第一章　最佳球隊之爭

本傑明半躺在沙發上，一副垂頭喪氣、無精打采的樣子。這一切當然是有原因的，他所喜愛的球隊曼徹斯特聯隊剛剛輸了球，而且是輸給了它的死敵阿仙奴球隊。

「怎麼樣？」海倫走了過來，用幸災樂禍的口氣說，「我說曼聯這次要輸球吧！」

「海倫！你不要再說了！」本傑明非常生氣地叫了起來，「你今年幾歲了？」

「13歲呀。」海倫不知道本傑明為什麼要問她的年齡。

「你還想不想活到14歲？！」本傑明說着狠狠地按了一下遙控器，關掉了電視機，「要是還想活下去就快走開。」

「看你那氣急敗壞的樣子，曼聯本來就是這樣的水平。」

「你那阿仙奴也好不到哪裏去，今年的冠軍最終是我們曼聯的！」

「想也別想，你別做夢了……」

魔幻偵探所裏的這幾個成員都是地道的足球迷，本傑明是曼聯的支持者，海倫則非常喜歡阿仙奴，博士一百多年來始終支持伯明翰。而機械狗保羅稍微有點不同，那就是他今年支持這個隊明年支持那個隊，不過，獲保羅支持的這些球隊都有一個特徵，那就是排名在積分榜上領先，比如今年，保羅就支持排名一路領先的車路士隊。

海倫並不是不喜歡曼徹斯特聯隊，只是因為本傑明支持曼聯，她就要和他唱唱反調。同樣，如果阿仙奴輸了球，本傑明會在海倫面前興高采烈、手舞足蹈。如果是曼聯大戰阿仙奴，哈哈——博士就一定會把兩人分開到不同的房間看轉播，看完轉播後兩小時之內還不許碰面，否則結果會是場上兩隊激烈拚搶，場下兩人吵作一團，往往是場下比場上更熱鬧。

最近海倫好幾次吵着要去倫敦看阿仙奴打主場比賽，可博士一直沒同意，因為有一次大家在一起看電視轉播主隊阿仙奴對陣客隊紐卡素的時候，阿仙奴先失一球，異常激動的海倫口口聲聲地表示，如果她在現場就會動用魔法幫助主隊。這可嚇壞了博士，不要以為海倫做不到，她的魔法水平越來越高，如果她在現場，大家

真可能看到以下鏡頭——客隊射向主隊球門的球180°大轉彎飛進自己的球門。

「你們別吵了。」保羅抱頭喊道，「什麼曼聯、阿仙奴，今天統統靠邊站，還是我們車路士，現在已經遙遙領先了，今年肯定是冠軍，我早就預測它奪冠的概率是100％……」

誰知道保羅這下可捅了馬蜂窩，他馬上就成了本傑明和海倫的攻擊目標，兩個孩子結成了新的聯盟。

就在大家大吵之際，門開了。

「你們又在吵什麼？」隨着説話聲博士推門走了進來，「我距離門口三十多米就聽到你們的聲音了，你們安靜一下好嗎？」

「好，博士回來了。」本傑明迎了上去，説：「你來評評理，保羅説車路士能得冠軍，海倫説阿仙奴，而我則覺得今年還是我們曼聯有希望奪冠。」

「怎麼是曼聯？」海倫很不滿意，「明明是阿仙奴有希望奪冠呀。」

「我看還是車路工，我支持車路士……」保羅不甘示弱。

博士的表情非常痛苦，他喊了起來：「不要吵了，我覺得今年的冠軍是伯明翰！」

　　房間裏一下就寂靜了，本傑明、海倫和保羅都瞪大眼睛看着博士。

　　「我……我是説那是不可能的。」博士聳聳肩膀把手一攤，一副無可奈何的樣子。

　　「就是，根據我的統計結果，伯明翰奪冠的概率是零。」保羅晃着腦袋説。

　　「這我當然知道。」博士坐到桌子旁，拿了杯水喝了一口，「我只是想讓你們安靜下來。你們這些小孩子，看球就只知道個輸贏，老是為誰得到冠軍爭來爭去的。其實那些球員的帶球、突破、過人、互相配合什麼的也都是看點，冠亞軍很重要，但只是結果，你們説是不是？」

　　「好像有一點點道理……」海倫説着看了一眼本傑明，「我還喜歡那些球星，威風極了。」

　　「因此我決定帶你們去比賽現場，看看人家合作的團隊精神。」博士説。

　　「去現場？！」本傑明和海倫互相看了一眼，都有點不敢相信這是真的。

　　「是的，去現場。」博士重複了一遍。

　　「哇——」本傑明和海倫一下就跳了起來，「太好了！」

兩個人手舞足蹈，忘乎所以，保羅在一旁也猛搖尾巴竄來竄去，他好久都沒有出去走走了，能出去看球當然高興，不過他突然想起了什麼。

「不對呀博士，如果門衞説我是寵物不讓我放進去怎麼辦？」

「這個好辦。」博士很有把握地説，「進去時你不要説話，我給他們看看你的電池板，讓他們知道你只是個電子寵物。」

「就這麼辦。」保羅高興得又轉了一圈。

「博士。」海倫突然想起什麼事晴，「可是阿仙奴隊正在備戰歐洲盃，本周沒有比賽呀。」

「誰告訴你要去看阿仙奴的主場？」博士笑了起來。

「那我們去看誰的比賽？」本傑明問，「曼聯剛賽完，輸了。」

「你就知道曼聯。」博士摸了摸本傑明的頭，本傑明吐了吐舌頭，「今天是星期六，我們去看明天下午伯明翰的比賽，伯明翰對樸茨茅夫，我肯定這兩個隊比賽你們不會用魔法。」

「啊，我知道了。」海倫頑皮地一笑，「原來是去看你的伯明翰，讓你們伯明翰再多兩個支持者。」

「你們也可以支持樸茨茅夫呀。」博士雙手一攤，

13

「關鍵還是在於讓你們感受現場氣氛,享受過程,怎麼?你們不去呀?」

「去,去。」海倫一下着急了,「誰説不去呀?我一定要去的。」

「我也是。」本傑明和保羅也跟着喊起來。

「都去都去。」博士説,「讓你們看看排名靠後的球隊也有眾多的支持者,伯明翰隊也能打出精彩的配合。」

「那我們什麼時候去呀?」本傑明問。

「過一會兒就走,我們自己開車去。」博士看了看手錶,説:「現在剛剛六點多,開車兩個小時就到了,我們今天在那裏住一個晚上。」

「啊?」海倫有點吃驚,「今天就去呀?不是明天比賽嗎?」

「伯明翰的球迷熱情可不比你們阿仙奴的球迷少呀。」博士自豪地説,「那裏的聖安德魯斯球場能坐三萬多人呢,明天下午伯明翰周邊城鎮的球迷都會往那裏趕,一定會塞車,我可是有經驗的,再説……」

「再説什麼?」保羅湊了上來,説:「我的統計結果顯示博士去那裏還有別的事情,這個概率有95%。」

「真是什麼也瞞不了你。」博士假裝生氣地説,「我説老伙計,你給我點私人空間好不好?」

「嘿嘿，不好意思。」保羅舉起了他的爪子做了個敬禮的動作，「誰讓你把我設計得這麼聰明呢。」

「那到底還有什麼事情呢？」本傑明當然特別想知道博士去那裏的另一個目的。

「噢，我的老同學史蒂文生住在伯明翰，他主持編寫了一套《伏魔大綱》，其中實踐部分的很多章節他要我來寫，明天上午我要和他討論一些問題，今天晚上我們就住在他家裏，你們也可以向他好好學習學習。」

「我說呢。」海倫詭秘地一笑，「博士幹什麼事情都不忘工作，你是早就計劃好的吧？」

「算是吧。」博士也笑瞇瞇地說，「談工作是我早就和他約好的，不過我也讓他幫我們訂了明天下午的球票，到時候他也去，他也是個老球迷呢。」

伯明翰距離倫敦有160公里的路程，開車兩個小時就到了。那裏可是博士年輕時住過的地方，博士的很多同學就在那裏，現在那些人跟博士一樣，都已經是資深魔法師了。由於大名鼎鼎的斯塔福德學院伏魔系就在伯明翰北面30公里的地方，所以這一帶的魔怪案件特別少，博士的同學——那些資深魔法師們大多都從事教學工作以及一些魔法研究工作，開偵探所的幾乎沒有。博士這些年極少去伯明翰，也就沒有機會回

母校斯塔福德了。

「如果你們不餓，我們現在就走，到伯明翰吃晚飯。」博士提議道。

「不餓不餓！」海倫和本傑明一起喊道。

三個人馬上開始收拾出門帶的東西，因為路程短，去的時間也不長，大家收拾起來很快。保羅沒有什麼東西好收拾，他跑到博士身邊，伸出爪子拍了拍博士的腿。

「你有什麼事？」博士低頭看看他。

「你幫我把追妖導彈都卸下來吧。」保羅懇求道，「我們不是去破案，帶着四枚導彈我有點累，我想更輕鬆點。」

「保羅，你可真會偷懶呀。」本傑明在一旁說。

「怎麼了，我都這麼大年紀了，你們輕輕鬆鬆地出去，我卻要背着四枚導彈，你說公平不公平？」保羅理直氣壯地說，「我們是去看球賽又不是去破案。」

「那就帶一枚吧。」博士說着把保羅抱了起來，「給我那老同學看看我設計的追妖導彈，讓他提提意見。」

「帶一枚也行，輕鬆多了。」保羅算是滿意地點點頭。

16

　　博士小心翼翼地從保羅身上卸掉了三枚追妖導彈。
這種追妖導彈大概只比一枝鉛筆大一點，但拿在手上沉
甸甸的，別看它小，它可是對付魔怪的殺手鐧。保羅身
體裏現在只有一枚導彈了，他頓時感覺到輕鬆了許多，
晃頭搖尾地在地板上跑了兩圈。

　　「現在我們出發，目的地——伯明翰。」收拾完東
西，博士高聲宣布。

第二章　小小的衝突

保羅一下就竄了出去，早早地等在博士的「老爺車」的車門旁邊。博士的車子是一輛意大利產的菲亞特，説它是「老爺車」，是因為這輛車博士已經開了很多年了，再過一年就到了使用年限必須報廢了。不過博士很愛惜車子，保養得很好，除了耗油有點大，這輛菲亞特沒有什麼其他毛病。海倫早就勸博士換一輛車，博士卻對這輛車有了感情，看來不到報廢年限堅決不會換新車。

每次這輛車一開出去，還能吸引不少人的視線呢，因為這麼老式的車在大街上很少看見了，人們看見它多多少少有一點時光倒流的感覺。

「請坐，我的老伙計。」博士笑着給保羅拉開車門。保羅一下就竄了上去，後排左邊靠窗的位子永遠是屬於他的。

本傑明拉開前排左邊的車門坐了進去，大家各有各的位置，每次開車出去博士都是當駕駛員，為了預防海倫和本傑明在汽車裏可能隨時發生的爭執，海倫永遠是

18

坐在後排右邊的。

「好了，我們出發了。」博士看看本傑明又回頭看看海倫和保羅，海倫和本傑明已經繫好了安全帶，博士發動了汽車，「現在快六點半了，九點之前準能到。」

老菲亞特開出了貝克街，向着目的地駛去。海倫、本傑明和博士以及能夠預測事情發生概率的保羅都不知道，這將是一次危險之旅。

汽車開了將近半個小時才駛出了倫敦市區。倫敦市區的交通真是個問題，有一段路他們幾乎是一步步「爬」過去的，比走路還要慢。本傑明早就想過如果讓聰明過人的博士來管理交通的話，市區的堵塞現象一定會大大好轉，可惜博士只埋頭幹偵探工作。

「這麼堵的路，」剛開出市區，海倫就開始抱怨，「就沒辦法解決嗎？」

「要是發明一個適合家庭用的飛行器就好了。」本傑明展開了想像，「一部分人就能被分流到空中。」

「那可不行。」海倫馬上說，「你想想，要是在空中出了事故，人掉下來可怎麼辦？」

「這倒是……」本傑明點點頭，這次他和海倫的觀點一致了，本傑明看看窗外的路牌，「真想快點到伯明翰，我還沒去過那裏呢。」

説話間博士已經把車開上了直通伯明翰的五號公路。

　　「要想去那裏辦案，我們可沒有一點機會。」博士笑笑説。

　　「對了，伯明翰那邊的魔怪事件好像很少。」海倫感到奇怪地説。

　　「很早以前有過，但自從斯塔福德伏魔學院成立後，附近的魔怪沒多長時間就被消滅光了。」博士得意地説，「第一屆畢業生的實習課就是跟着老師抓魔怪，

當地魔怪很快被一掃而空。到第二屆的時候，離斯塔福德30公里的伯明翰地區的魔怪也被捉光了。從第三屆開始，學生們要完成實習課就要出遠門了，以至於後來總有人抱怨第一、二屆畢業生，說他們把魔怪都給捉光了，也不給後面的同學留幾個……」

海倫、本傑明和保羅都被逗得笑起來。

「一些害人的魔怪知道斯塔福德伏魔學院在那裏，也不敢再在附近活動了，當然，那裏還有些心地善良、不與人類為敵的小精靈。」

「那我們有時間時去拜訪一下小精靈吧。」海倫說道。

車輪滾滾，幾個人從一個話題聊到另一個話題，大家都很興奮，尤其是博士，大概他好久都沒有到伯明翰看自己喜愛的球隊比賽了，一直興高采烈。

「老爺車」愉快地行駛在通往伯明翰的道路上，開出市區後路上的車少了很多，海倫一邊說着話，一邊看着窗外的風景。秋日的田園風光實在是使人着迷，不過沒一會兒天就完全黑了下來。

星期天的夜晚，往來伯明翰和倫敦的車不多，路況很好。但在距離伯明翰還有半個多小時路程的時候，突然變天，雨點開始劈劈啪啪地打在車窗玻璃上，還好雨

不是很大。看到路面有點滑，博士稍微放慢了速度。

「但願明天比賽不要下雨。」本傑明看着窗外的雨水說，「我對水戰興趣不大。」

「我也是。」保羅將兩個前爪搭在車門上往外看看，「我來測算一下降水概率。」

保羅是一部超級電腦，接收處理資訊能力極強，而且不斷升級換代，絕對是魔幻偵探所的超級助手。

「好了好了，」保羅開始進行預報，「明天下午的降水概率是20％，我們應該看不到水戰的。」

「嘟——嘟——」突然，一陣連續的汽車喇叭聲從博士駕駛的汽車後面傳來。海倫回頭一看，一束汽車前燈的燈光衝她直射過來，她被晃得閉上眼睛。

後面的車速度很快，看樣子它要超車。博士馬上把車往路邊方向讓了讓，後面那輛車鳴着喇叭一下就超了過去。這時，迎面正好有一輛汽車開過來，從後面超過博士的車，速度極快，嚇得迎面來車的司機一個急剎車——還好，沒有什麼事故發生。

「下雨天還開這麼快，真是不要命了。」博士生氣地說，他衝着超過他的汽車猛按了一下喇叭，算是提醒一下那個瘋狂的司機。

海倫眼尖，她看到超車的車子很大很新，車頭豎起

22

的三叉形標誌標明那是輛平治車。

「有本事去超舒麥加的車呀。」本傑明感到非常生氣，他朝前面的汽車揮舞着拳頭。

「就是，要是真遇上撞車我們唸句口訣就能脫險。」海倫看看窗外的雨，然後用手攏了攏頭髮，「他們這些開快車的人可怎麼辦。」

「不要再管那個發瘋的傢伙了。」保羅突然說道，「我感到我們的車有什麼不對。」

「怎麼了？」博士叫起來，「那傢伙碰到我的車了嗎？我怎麼沒感覺？」

博士非常喜愛他的菲亞特，要是它真被蹭了，他會很心疼的。

「我最新統計的結果是，我們的汽車被刮蹭的概率為零。」保羅身體內的電腦在高速運算着，「你們稍等一下。」

「到底怎麼了？」性子急的本傑明轉過身子，趴在坐椅靠背上看着保羅。

「哎呀！不好了。」保羅叫了起來，「我們的汽車快沒汽油了，概率是100%，博士你出來時怎麼不檢查一下？」

博士聽到這話才慌忙看看油壓錶，果然，車快沒有

汽油了。

「前段時間才加過油的呀,最近也沒去遠地方。」博士皺起了眉頭,咕噥道,「看來這輛車耗油太厲害了。」

「看來你是要換輛車了。」保羅說,「能堅持到伯明翰嗎?」

「有點困難。」博士說着搖搖頭。

「沒關係,我的電子地圖正在搜索這條路上離我們最近的加油站。」保羅說,「好啦,前面大約兩公里處有個加油站,博士,開兩公里沒問題吧?」

「沒問題。」博士說道。

沒開幾分鐘,他們就看到一個不大的加油站,那裏掛着一塊很大的牌子,寫着「埃文河加油站」幾個字,這裏距離伯明翰大概有半小時路程。

博士把車開進了加油站,這時候窗外的雨非常小了。前面有一輛車正在加油,博士開車排在那輛車後面。

「你們看那輛車。」本傑明突然發現了什麼,他指指前面正在加油的汽車,說:「這輛平治好像就是剛才超我們車的那輛。」

「啊?我看看。」海倫也放下車窗,把頭伸出了窗

外，「好像是。」

「就是它，我統計的結果是100%。」保羅提供了信息支援。

開平治的人也發現了博士他們，他就站在車的旁邊，這是一個大概三十多歲的男子，臉紅紅的，鼻子很大，眼光極不友好。

「喂——」他很不禮貌地衝博士喊起來，「這麼破的車還好意思開上路，還擋我的路⋯⋯」

好像有些酒味飄進車廂，不僅保羅羅聞到了，連海倫和本傑明也都聞到了。

「你亂超車，要小心點。」本傑明把頭伸出車窗喊起來。

「你們才要小心點呢，開這輛破車還敢上路⋯⋯」開平治的人說着還揮揮拳頭。

「不要吵架，不要吵架。」一個加油站的工作人員跑了過來，他衝那個人和本傑明擺擺手，「有什麼事情可以商量。」

保羅一下子就越過車窗竄下車跑到「平治男」面前，他兩眼放出紅色的厲光，惡狠狠地瞪着那個男人，並且向那個男人呲着牙。

這個舉動可把那個人人嚇了一跳，只見他一下就跳

上車，關上車窗，生怕保羅跳進去，博士連忙叫回了保羅。

「好了好了，都不要吵了。」那個工作人員説，他是個二十來歲的年輕人，有點瘦。

「下次再遇見我，」本傑明悻悻地對着逃進汽車裏的那個人喊道，「你一定會懷念你的門牙的。」

「本傑明，」海倫説道，「他已經躲上車了，你也不要老是想着敲掉人家的門牙，博士跟我們説過，不能對普通人使用魔法的。」

「哼，原來他是個酒鬼，蠻不講理的酒鬼。」本傑明很生氣，「還酒後駕車！」

「本傑明，再生氣也不能對一個普通人使用魔法呀。」博士坐進了駕駛座，「我們魔法師對付那些犯罪的人可以使用魔法，但是如果和人吵架就用魔法，這可是要被魔法師協會解除法力，還會被開除的。」

「這個我知道。」本傑明説，他往車外看了看，稍微沉默了一會後用手指指着外面，「博士，我看見那裏有間汽車快餐店，我有點餓了。」

「那加好油我們就去吃點東西。」博士看看那輛平治車，估計它已經加滿油了，「我也有點餓了，就在這裏吃吧。」

　　「你們看，那個傢伙好像又在和人吵架。」海倫突然說道，並用手指了指前面。

　　只見剛才那個加油站的工作人員和「平治男」正在爭執，工作人員好像在攔阻平治車。

　　博士和本傑明也側耳傾聽，此時兩人爭執的聲音已越來越大。

　　「……先生，五號公路真的有危險……」加油站的人說。

　　「誰會信你的鬼話！」「平治男」怒氣沖沖地說，「走開走開，不要擋路！」

　　「我沒有騙你，等那邊情況清楚了你再走，你走其他路繞不了多遠的。」

　　「不要再囉嗦。」「平治男」說着把手伸出車窗，撥開工作人員扶在車窗上的手。

　　「真的，先生，你不要大意，有危險的……」

　　「煩死了，走開吧你……」說着「平治男」一下就發動了汽車，車猛地竄了出去。

　　工作人員毫無防備，猛地一閃，差點摔倒。

　　「怎麼回事？」本傑明和博士互相看了一眼，本傑明撓撓頭髮說，「什麼危險呀？」

　　「去問一下。」博士說。

第三章　恐怖的搶劫案

博士把車開到加油機那裏停下來，加油站的年輕人剛剛還是滿臉的不高興，當他看到新的顧客後，馬上恢復了常態，拿出加油槍給博士的老爺車加油。

「謝謝，請把油加滿。」博士帶着海倫和本傑明下了車，只有保羅留在車上。

「我叫南森，請問你是……」博士對年輕人說。

「我叫邁克爾，歡迎你來我們埃文河加油站加油。」

「能告訴我剛才你和那個人吵什麼嗎？」博士微微一笑，說：「我好像聽見你說五號公路有危險。」

「你們肯定不是伯明翰人，是吧？」那個叫邁克爾的年輕人問。

「我們是從倫敦來的。」

「噢。」邁克爾點點頭，說：「到伯明翰的五號公路最近連續發生三宗恐怖的搶劫案，前後一共有五個人被害，兩個已經死亡，另外三個還在醫院裏，兩個重傷，一個輕傷。」

「恐怖的搶劫案？」博士的神經立即緊張了起來，

表情變得很嚴肅。

「三宗案件很相似，都是被害人駕車開過前面的埃文河橋後不久，汽車頂部就傳來被連續拍擊的聲音。」邁克爾在敍述時也很緊張，「被害人停車下來查看的時候，一個長相十分恐怖的魔鬼或者是幽靈，就會從旁邊的樹林中一下飛過來，在被害人頭上轉幾圈並且發出奇怪的聲音，一個被害人讓那魔怪一下嚇暈過去，摔倒在地上受了點輕傷，其他幾個被害人不是被那鬼怪打成重傷就是被打死，等有人發現報警時，汽車和那魔怪早就一起消失了。」

「你怎麼知道是魔怪作案呢？」本傑明在一邊不解地問邁克爾。

「是那個傷勢較輕的受害人説的，他被當場嚇得暈倒在地，受了點輕傷，估計是魔怪看他暈倒了就沒傷害他，那人醒了以後跑到我們加油站報了案，他説那個魔怪身形巨大，樣子可怕，還披着一件很大很大的斗篷。」邁克爾用手摸摸自己的腦袋，很神秘地説，「你説能飛在半空中的不是魔怪幽靈是什麼？而且那邊樹林裏真有塊墓地呢！」

「你是説那些受害人的汽車都不見了？」博士似乎想到什麼，他知道，這一帶可是很久都沒有魔怪幽靈案

件發生了。

「是的，魔怪肯定搶走了那些汽車，不過警察還沒有找到。」

「這都是什麼時候的事情？」

「上星期五晚上有一宗，這個星期四晚上接連發生兩宗。」邁克爾說着指了指北面，「而且全都發生在過了埃文河橋以後大概五、六公里的那段路上，一過橋兩邊的林木特別茂密，魔怪肯定藏在裏面。」

「那警方找到什麼線索了嗎？」博士順着邁克爾手指的方向看了看。

「應該還沒找到，他們在埃文河橋頭立了塊牌子，警告那些通過五號公路進入伯明翰的車輛，從伯明翰過來進入五號公路的入口也有同樣的牌子。」邁克爾看看油已經加滿，拔出了加油槍，「你們可以繞道走六號公路，最多多走十公里路。」

前面危險，
到伯明翰的車輛
請繞道。

「知道了，謝謝。」博士輕聲說道，眉頭仍緊鎖着。

31

「請問你們是去伯明翰的嗎？」

「是的。」海倫回答他。

「那你們還是繞路走吧，剛才那個人也要去伯明翰，我提醒他繞路走，可他張口就說我多管閒事。」邁克爾邊說邊列印出一張收費單遞給海倫。

「謝謝你。」海倫接過收費單去付費。

「邁克爾先生，請問現在除了剛才那個人，還有其他人走五號公路去伯明翰嗎？」博士認真地問。

「有，但是很多人看到警示牌都繞道走了。」邁克爾又用手指指北面，說：「兩邊過往的車輛都很少了，最近幾天倒是平平安安的，誰知道呢！也許那魔怪去別的地方害人了，但還是要謹慎些好，你說是吧？」

「你說得對。」博士點點頭，「誰也不願意碰到這樣的事。」

「就是，上星期五出事的亨特天婦在出事前還在我這裏加過油呢。」邁克爾無奈地歎了口氣，「現在亨特先生遇害了，亨特夫人至今仍昏迷不醒呢。」

「你怎麼知道他們是叫亨特夫婦？」博士好奇地說。

「報紙上都登了。」說着邁克爾指指加油站旁邊的埃文河汽車餐廳，「我們的快餐店裏就有報紙。」

「那我要去那兒看看，正好我們要去吃點東西。」

博士説着又坐進了駕駛座，「謝謝你的提醒。」

海倫付完加油費回來，博士讓兩個助手帶着保羅先去餐廳，他把車停到餐廳門口的停車場，裏面已經停了好幾輛汽車。

博士停好車後走向餐廳，本傑明他們正在門口等他。幾個人推門進去，這間汽車餐廳並不大，裏面也只有五、六個顧客。

博士走進餐廳後並沒有馬上去前台點餐，他先是環顧了一下餐廳環境，然後直奔報刊架走去，到了那裏，他一下就取走了上面擺放的所有最近的報紙，一共有五份。

「我就在這裏看看報紙上都説些什麼。」博士走到離他最近的一張桌子旁坐下，低頭看着報紙，「海倫，你去點餐，給我隨便要點什麼。」

「好的，博士。」海倫説着向前台走去。

本傑明在博士身邊安靜地坐下，他知道這個時候正是博士仔細研究案情的時候，千萬不能打擾他。至於保羅，本來寵物是不許被帶進餐廳的，但他很想知道博士怎樣分析案情，所以他被當作電子寵物狗抱進了餐廳。

沒多長時間，海倫端着幾份快餐走了回來，然後也靜靜地坐在博士身邊。

　　關於五號公路出現的魔怪害人事件，這幾份報紙都有報道，有的還是連續的追蹤報道，博士把看完的報紙遞給海倫和本傑明。上面有關事件的報道和邁克爾説的大同小異，《伯明翰郵報》是相關報道最多的報紙，其中一篇題目為《魔影驚現五號公路！》的文章最為詳盡，報道了周四的一個案件，上面還配有多幅照片，其中一張亨特先生蒙着白布，被擔架抬走的點題照片很大，照片上亨特先生已經死亡，他的全身被一塊白布蓋住，一隻手套拉在擔架外，血水正順着手臂往下滴，看來觸目驚心。

　　幾份報紙全都提到，有兩個已經清醒的受害者都説，他們的車頂那時有連續的拍擊聲，在他們下車查看的時候，有個黑影在他們頭頂一閃，一個巨大魔怪就出現了；還有個受害者特別提到自己好像看見魔影是從樹林裏飛出來的。這些受害者被那個面目可憎的鬼怪一嚇，基本上已經喪失了抵抗能力，除了當即暈倒的那個人外，其餘幾人都遭到了鬼怪的猛烈攻擊。

　　「你們有什麼看法呀？」博士等海倫和本傑明看完報紙後問道，「海倫，你先説。」

　　「我，我覺得這可能是刑事案件，是一個或者幾個人假冒魔怪進行搶劫。」海倫緊皺着眉頭，一字一句地

説，「不過不知道這些傢伙是怎麼弄個飄動的東西冒充魔怪的。」

「你説呢？本傑明。」博士繼續發問。

「我也覺得好像不是魔怪在作案，你説魔怪害人我相信，但是我還沒有聽説有搶人家汽車的魔怪。」本傑明同樣是眉頭緊鎖，不住地撓着自己的頭髮，他説：「還有，就是我們剛才説過的，伯明翰這邊由於有斯塔福德伏魔學院，好像沒有哪個魔怪敢在這附近活動。」

「這幾宗案件是魔怪所為的概率是50%，這是我最新統計的結果。」保羅小聲説，他生怕別人聽到他説話，不過整個餐廳根本沒有人注意他。

「你等於什麼也沒説，這種50%的結果最讓人摸不着頭腦。」本傑明狡猾地一笑。

「確實是個棘手的案子。」博士閉上了眼睛開始冥思。

海倫、本傑明和保羅都看着博士，這樣足足過了有三分多鐘。

「你認為那從樹林裏飛出來的魔怪是真的還是假的？」本傑明小心地問道。

「這個問題現在還真的很難回答你們。」博士很坦率地告訴他的幾個助手，「的確有很多壞人為了弄錢會

想各種辦法出來嚇唬人。」

「那我們該怎麼辦呢？」海倫問。

「我們這些做偵探的魔法師就是要捉妖除怪。」博士斬釘截鐵地説，「碰上這種案子我們一定要管，如果抓住的真是魔怪，由我們來處理。如果是有人裝神弄鬼，我們也要抓住他交給警方。」

「我真想儘快揭開他的真面目！」海倫有點興奮，她笑了笑説，「看來今天晚上我們又要行動了，也許明天的比賽看不到了。」

「有這種可能。」博士説着把一份《伯明翰郵報》放在兩個孩子面前，並指了指上面那張亨特先生被擔架抬走的照片説，「你們仔細看看這張照片，好像並不是一般的搶劫案。」

海倫和本傑明瞪大了眼睛看着那照片，看來博士肯定發現了什麼線索。

「沒有什麼奇怪的地方呀。」本傑明着急地叫道，「博士你快告訴我們吧。」

「再仔細看看，注意亨特先生的手。」

「啊，我知道了，亨特先生手上還戴着手錶。」海倫興奮地指指照片上那隻耷拉下來的手臂，因為照片很大，亨特先生手上戴着的手錶清晰可見。

「我怎麼沒注意到。」本傑明有些自責地説，「這塊手錶看起來很名貴。」

「保羅，看看這是塊什麼錶。」博士把照片拿給保羅看。保羅體內的電腦看到照片後開始高速運轉。

「新款江詩丹頓，瑞士產。」保羅馬上就將處理後的信息報了出來，「至於價格嘛……倫敦哈樂德百貨專賣店零售價為四千多英鎊。」

「哇──」本傑明張大了嘴巴，「真是名錶呀，博士的汽車現在都賣不了這麼多錢。」

「真是奇怪，搶劫者不可能沒注意到亨特先生的手錶呀。」海倫不解地説，「連他的車都開走了，既然是劫匪那應該是搜遍受害人全身呀，或者是仇殺？那為什麼還搶汽車呢？難道是要偽造現場？」

「不大可能是仇殺。」博士説，「五個被害者不同時間在五號公路的同一路段被害，這五個被害者還都是同一個仇家，這種可能性很小，況且只有兩人死亡。」

「可為什麼只搶汽車而不要名貴手錶呢？」本傑明一臉疑惑。

「也許有其他車過來，那傢伙急急忙忙開車跑了。」保羅在旁邊小聲説道，説着他還小心地看看坐在其他桌子的人，「我覺得這種概率是不能完全排除的。」

「博士，我們是不是要先到那個出事的地段看看呀？」海倫緊跟着問。

「是有這個必要。」博士點點頭，「我們去那邊看一下現場！」

「啪！啪！啪──」正在這個時候，餐廳大門響起了沉重的敲門聲，大門是不透明玻璃的，看不清外面是誰在敲門。

「推門就可以進來，這又不是辦公室。」本傑明向大門那裏看看，其他顧客也都向那裏張望。

「可能出事了！」保羅説着非常警覺地站了起來，快速地衝向門邊。

一個餐廳裏的女服務生好奇地過去開門，她打開門，第一眼什麼人也沒看見，往下一看，「啊──」那個女服務生慘叫起來。

一個頭部滿是血污的人靠在門邊，舉着一隻手求救。

「來人呀！」女服務生高聲叫起來，「有鬼呀！」

第四章　第六個受害者

餐廳裏的其他人聽見喊聲也都跑了出來，博士跑在最前面。

「我，我不是鬼……」那個頭部受傷的人說，他的聲音有氣無力，「我是人，我受到了……」

說到這裏，那人一下就暈了過去，博士馬上把他扶起來，一個身體強壯的顧客也跑過來幫忙，大家把那個人抬到餐廳裏。兩個女顧客和餐廳女服務生都嚇得呆呆地站立在旁邊，渾身發抖，不知所措。

「先把他放倒。」那個一起把「血人」抬進來的顧客說。

「是他！」燈光下海倫、本傑明和博士都看清楚了受傷者的臉——「血人」就是那個不聽邁克爾勸告，開着平治車上了五號公路的男子，海倫驚叫了起來。

「你們認識他？」有個顧客問海倫。

「也不算認識。」

「我學過急救。」身體強壯的顧客說着伸手要救治「血人」。

「不用，我來就行了。」博士制止了他，又吩咐道，「海倫，拿急救水來。」

急救水等一些降妖除怪要用到的東西都是博士出行必帶的，無論是外出辦案還是度假旅遊。海倫掏出了急救水遞給博士。

博士打開瓶蓋，然後把藥水給那個受傷的人灌了下去，大大出乎那些顧客意料之外的事情發生了，「血人」的臉色很快好起來，眼睛慢慢地睜開了。

「你給他喝的是什麼？」自稱學過急救的那個顧客瞪大眼睛問，「這太神奇了。」

「一會兒再告訴你，現在先問問他發生了什麼事。」博士衝那人微微一笑。

「我在哪裏呀？」「血人」醒來後渾身顫抖，目光恐懼，他第一句話就是問自己在哪，看來他特別關心自己現在是否安全。

「在安全的地方。」博士馬上安慰他，「你叫什麼名字？」

「我叫安德森，我想喝水。」

海倫馬上遞給他一杯飲料，他喝了飲料後情緒似乎平靜了許多。

「我，我剛才遇到了大魔鬼了！」安德森沒等人家

41

問他就說道，「他打我，我就暈過去了，醒來後發現車不見了，我好不容易才跑回加油站。」

「請你說詳細點。」博士說着扶他坐到一把椅子上，「我是倫敦魔幻偵探所的南森，你遇到的事情可能屬於我的處理範圍，請相信我。」

「啊，我說怎麼這麼眼熟呢。」那個身體強壯的顧客先喊了起來，他興奮地拉住了博士的手，「以前在報紙上看見過你，有你在就好了，我叫菲力浦，見到你很榮幸。」

博士果然是大名鼎鼎，旁邊幾個顧客也都聽過博士的名字，同樣都很熱情。

海倫、本傑明還有保羅都有點得意洋洋。

「我知道你的。」安德森也聽說過博士的大名，同時也認出博士他們就是剛才自己在加油站惡言相對的那幾個人，他不好意思地說，「剛才很對不起，我這個人脾氣不好，最近我公司的生意不景氣，所以我經常酗酒……」

「沒什麼，你馬上講講剛才是怎麼回事吧。博士在這個時候當然不想聽安德森講其他事情。

「我不聽那個加油站年輕人的勸告，開車上了五號公路。」安德森似乎不願意回憶剛才發生的一幕，他開

42

始大口喘氣，「我開過埃文河橋沒過幾分鐘，就看見旁邊的樹林裏一下閃過一個黑影，我沒看清楚是什麼，突然聽到車的頂部有什麼東西在拍打着，我就把車停下來了⋯⋯」

人們都緊張地看着安德森。

「我那時心裏有點緊張，不知道發生了什麼事情。」說到這裏，安德森面部開始扭曲，「我站在那裏也不知道發生什麼，突然有人在我背後冷笑。」

「你是説你背後有人在笑？」博士問，「請説詳細點。」

「是的，我回頭一看，有個人，噢，不，有個鬼怪飄在半空中，體形巨大，他的臉上沒有皮膚全是肌肉。眼睛是白的，沒有眼珠。他還披着一件很大的黑斗篷，看上去他的頭很小，身子很大，好像沒有腿。」安德森停頓了一下，又繼續説，「我，我一下就坐到地上了，他還衝我大笑，聲音很怪異⋯⋯」

「頭小身子大？還沒有腿？」博士追問。

「是的，我還沒仔細看他，他就開始攻擊我，我，我也不敢仔細看他。」安德森咬了咬嘴唇，「他那樣子真的太恐怖了，他飛起來攻擊我⋯⋯」

「飛起來攻擊你？那你怎麼辦？」

「我嚇暈了，坐在了地上……」

「然後呢？」

「然後他從高空突然就衝了下來，不知道是用什麼東西打中了我的頭，血一下子就流了出來。」說着安德森眼淚也下來了，「我想這下我完蛋了，然後我就昏了過去，什麼也不知道了。」

「那他是用什麼東西攻擊你的？」博士將安德森的頭髮輕輕撥開，看了看他頭部的傷口，「用他的爪子嗎？」

「我也不知道。」安德森伏在桌子上，表情痛苦地說，「我那時候完全沒有一點抵抗力，迷迷糊糊的。」

就在安德森講述他的遭遇的時候，餐廳外來了三輛警車，原來是餐廳的服務生報了警。

「我們是皇家警察。」一個警官一進來就說，「出了什麼事情？」

「你好，我是倫敦魔幻偵探所的南森。」博士迎了上去，並把海倫和本傑明介紹給了進來的警官，「那位先生大概是遭到了魔怪的襲擊。」

「魔幻偵探所？」警官聽到博士的介紹表情很是驚異，他看看博士又看看他的小助手，顯然他知道博士的大名，「南森先生，你怎麼會在這裏？」

「碰巧路過，我們要去伯明翰看球賽。」

「那太巧了，我是瓦立克鎮警察局的威爾探長，認識你很高興。」說着他伸出了手。瓦立克鎮就在埃文河橋北面三、四公里處，這一片都是瓦立克鎮警察局的管轄範圍。

「我想和你討論一下這個案情。」博士握住探長的手，「請到這邊來。」

　　博士和探長找了個僻靜的角落坐下。這時，餐廳裏的顧客議論紛紛，他們都感到非常恐懼，甚至不敢離開餐廳半步了。

　　「我已經看了報紙，大概知道了案件的情況，剛才那個受害者也遇到了同樣的遭遇，不過他活着跑了回來。」博士開門見山地説，「你們警方打算怎麼辦？」

　　「我們正在考慮是否先封鎖這段路，沒想到這麼快又出事了。」探長口氣中帶着點自責，「我們先前判斷是普通的搶劫案，但是這幾天我們也開始懷疑是魔怪作案了，我們把這裏的情況告訴了斯塔福德伏魔學院，他們派的魔法師要明天才到，不過現在看來有你在他們不用來了。」

　　「在此之前你們以為是有人裝神弄鬼？」

　　「是這樣的。」探長轉身看看那邊的安德森，然後從口袋裏掏出了一張本地區的地圖，他用手指着出事地段説，「出事後我們仔細搜索過現場和周邊區域，沒有得到一點有用的線索，出事地段兩端都有監控交通情況的攝影機，但並沒發現有被劫車輛開出來，那個地段是封閉公路，兩邊都是護欄，車子沒法開到森林裏，但是那些車子全不見了，所以我們不得不考慮是魔怪在作案。」

「確實，魔怪要把汽車弄走可以做到不留痕跡，不過我查看了剛才那個被害人的傷口，是撞擊致傷，不可能是魔怪留下的。」

「啊？」探長有些吃驚，他不由自主地往椅背靠了一下，「這方面你是專家，到底會是什麼人幹的呢？」

「現在還沒法確定，你看，還有一些疑點。」博士把那張《伯明翰郵報》上的照片指給探長看，「如果是搶劫，為什麼只搶汽車不搶手錶呢？」

「這點我們也注意到了。」探長看着那張照片説，「幾個受害者錢包裏的現金都在。」

「看來他只對汽車感興趣。」博士看着探長的眼睛，似乎是在徵詢他的意見。

「他要汽車幹什麼？好像沒有吃鋼鐵的魔怪吧？」

「這是個關鍵疑點，我覺得很有必要去那邊看一下。」博士説出了他的想法，他拿過探長手上的地圖，仔細地看起來。

博士盯着那張地圖看了片刻，不知道在研究什麼，突然他很高興地抬起了頭，招呼海倫和本傑明過來。

「什麼事呀，博士？」海倫剛走過來就問道。

「我們過橋去做個拜訪。」博士有些頑皮地笑了笑。海倫感到奇怪，博士對面的探長也是一臉疑惑。

「拜訪？！」本傑明連忙問，「拜訪誰？拜訪那作案的魔怪？」

「還不是拜訪作案的魔怪的時候。」博士説着把地圖攤在桌子上，「你們看這裏，案發地就在伯明翰的東南部，要是我沒記錯的話，伯明翰東南部這一大片森林裏應該住着一些小精靈。」

「小精靈？」探長甚感吃驚，「這裏……這裏是我的管轄範圍，我怎麼不知道有什麼小精靈？」

「你當然不會知道，沒有學過魔法的人是無法看見小精靈的！」博士告訴探長説，「小精靈也算魔怪的一種，不過他們心地善良，從不惹是生非，全都過着與世無爭的隱居生活，多少年來一直是這樣的。」

「你是説我們去找小精靈詢問情況？」海倫明白了博士的意思。

「是的，我們找距離案發地點最近的小精靈問問情況，他們可是神通廣大的呢。」博士説完對着保羅招招手，「保羅，過來一下。」

一直趴在剛才吃飯的地方裝成玩具狗的保羅一下就跑了過來，沒什麼顧客注意他，那些顧客都圍在安德森旁邊議論紛紛。

「博士，叫我幹什麼？」保羅説。

探長聽見狗說話嚇得站了起來，博士馬上同他解釋保羅的構成，並把保羅正式介紹給他。探長重新坐好，不過他的眼睛一直沒有離開保羅。

「打開你的不列顛精靈地圖給我看看，要伯明翰東南部這一帶的。」博士對保羅說。

保羅點點頭，他的後背立即升起一塊電腦熒幕，上面顯示出的正是伯明翰東南部地區的精靈分布圖。博士沒有記錯，伯明翰東南部地區的森林深處有好幾個綠點，說明那裏居住着一羣小精靈。

小精靈不但很多時候會幫助魔法師維護正義，有時還會主動制止正在作案的魔怪不要作惡，他們在魔界的口碑很好。

「太好了……就在這裏……」博士指着電腦熒幕上的一處亮點，說道，「離埃文河橋這裏不就有一個精靈居住地，看見了嗎？就在公路南面。」

「看見了！」本傑明興奮地叫起來，「這裏距離出事的地段也很近……還不到五公里，小精靈應該能知道一些情況的。」

「如果能得到小精靈的幫助，那麼案件就好偵破了。」海倫看看熒幕上的亮點，又看看博士，問道，「我們現在就去嗎？」

「現在就去。」博士的口氣很堅決。

「那我們能幫忙做些什麼呢？」探長連忙問。

「請警方現在封鎖住出事地段兩端的出入口，不能再讓任何車輛進入這個區域，包括你們的警察，先不要驚動那個作案的傢伙。」博士非常嚴肅地對探長說道，「我們先去小精靈那邊了解一下情況，你可以在這裏等我們，我們會記下這個餐廳的電話，隨時和你聯繫，還有，我們想借一個手電筒。」

「這些都好辦。」探長說，「你不需要我們的人跟你們一起去嗎，這麼晚了深入森林可有些危險……」

「謝謝，不過我們能保護自己。」博士說。

「那你們要小心。」

第五章　精靈兄弟

博士一行沿着五號公路步行前往埃文河橋，秋日的夜晚有點涼，不過雨已經停了。五號公路兩邊的森林裏靜悄悄的，遠處，埃文河河水「嘩嘩」的聲音是靜夜中的唯一聲響。

埃文河橋頭確實有警方立的一塊告示牌，説是前方路段有危險，去伯明翰的汽車可以繞行其他公路什麼的。幾個人匆匆看了一眼就走上了橋。

橋下的流水聲聽得更加清楚了，博士向下面的河水看了看，不過那裏漆黑一片什麼也看不到。幾個人都沒有説話，他們大概都怕被魔怪發覺，儘管這裏距離案發地點還有好幾公里的路程。

越過埃文河橋後，大家跨過路邊的護欄進入森林，離案發地點最近的小精靈的居住地，就在過橋後公路南邊的森林裏。進入森林後，博士掏出手電筒，海倫和本傑明跟在博士後面，剛剛下過雨，森林裏的路不好走，博士不停地提醒後面的兩個小助手要當心。

保羅走在最前面——他開啟了夜視眼功能，同時，

52

用魔怪預警系統搜尋着小精靈的蹤跡。

跟着保羅走，一個最大的好處就是永遠不會迷路，保羅的認路功能是建立在他具有的超強全球定位系統上的。

「博士，這一帶絕對有小精靈出沒。」保羅突然停住了腳步説，不過他把聲音盡量壓得很低，「小精靈的氣味我都聞到了，還有你們看看我的腳邊是什麼？」

按照保羅的提示，博士用手電筒照了照保羅的腳邊，幾個清晰可見的小腳印出現在光柱下，這些腳印大概和四、五歲兒童的腳印一樣大，看上去非常可愛。不過博士他們都明白，千萬不要指望能夠順着腳印找到小精靈，因為小精靈都長着翅膀會飛，這種腳印不可能有一長串直接把你帶到小精靈的家。

「估計是在這裏採野果時留下的。」博士用手電筒照了照周圍説。

博士説得沒錯，兩米以外的地方就有一片灌木叢，上面結滿了漿果，地上也有不少漿果皮，堅果和漿果可是小精靈最愛吃的食物。

「繼續向前，肯定能找到。」博士小聲説，「我想我們離小精靈們越來越近了。」

「要是找到他們，人家會歡迎我們嗎？」海倫有個

疑慮。

「不知道，不過他們都是很講道理的。」博士説着繼續往密林深處走去。

到了距離熒幕上顯示的綠點只有一公里的地方時，保羅再次站住不動了，他抬着頭警惕地張望着，還使勁吸了幾下鼻子，神情似乎有些緊張。

「我覺得我聽到了什麼聲音，還聞到前面有非常重的精靈味道。」保羅對博士説，「就在前面大約三百米的地方。」

「隱形隱身全看到。」博士唸了句口訣，因為小精靈都是隱身居住的，只有唸了這樣的口訣博士才能看見他們。

聽見博士唸了口訣，海倫和本傑明也跟着唸了。

「好，跟上我，我們悄悄地走過去。」博士揮揮手，「千萬別把他們給嚇跑了，他們飛得可快了。」

海倫和本傑明輕手輕腳地跟在博士後面，而在博士前面引路的則是保羅，現在他嗅到的精靈味更濃了，而且還聽到了熱鬧的説話聲。

「我聽到了，那邊好像在播放電視劇。」保羅一邊聽一邊説，「從那邊的地下傳出來的。」

「什麼？電視劇？」本傑明吃驚得差點大叫起來，

「這裏怎麼會有人看電視？」

「肯定是電視劇。」保羅很肯定地說道，「快跟我來。」

前面一個草叢裏透出一點點亮光，大家慢慢地接近那處亮光，盡量不弄出什麼聲音，保羅在離那處亮光還有五十米的地方又停了下來。

「找到了。」保羅抑制住興奮小聲說道，「前面就是小精靈喜歡住的那種半地洞式住所，下面挖個坑上面搭一些樹枝再鋪上草，不過不知道裏面怎麼會發光。」

「大家都輕點，我們去看看。」博士點點頭，然後小聲說道，他關閉了手電筒的開關。

幾個人悄悄地接近那個小精靈的地洞，距離地洞兩、三米的時候博士打了個「停下」的手勢，大家都蹲在被一堆亂草覆蓋的地洞旁邊，亂草中透出了許多光亮，還一閃一閃的，顏色上也有些變化。不過一般人即使來到這裏也看不見這些，因為精靈能夠把他們周圍的一切也同樣隱形。

地洞裏傳出來的聲音令大家非常震驚，裏面好像有台電視機在播放言情片，片中的男女正為了什麼事在吵架。

大家都聽到了裏面傳來的聲音，面面相覷。過了一

會，電視裏的吵鬧聲突然停止了。

「佳麗牌貓糧，各大超市有售，佳麗佳麗，貓咪最愛……」地洞裏傳來新的聲音，顯然這是電視劇中間插播的廣告。

「真討厭，又是廣告。」地洞裏有一個小精靈的聲音傳了出來，所有小精靈的聲音都甕聲甕氣帶點滑稽，博士一下就能聽出來。

「弟弟，把榛果遞給我。」

「少吃點，晚上吃太多不好。」

「知道，你可真囉嗦。」

裏面傳來兩個小精靈對話的聲音，博士笑着對海倫和本傑明點點頭，下面是小精靈無疑了。

「呸——呸——這是什麼味道？！」一個小精靈突然罵了起來，「比我五百年前吃的差多了。」

「不要太講究了，哥哥，現在是溫室效應，全球氣溫上升。」另一個小精靈説道，「動植物都受影響，不能和五百年前比了……」

「溫室效應溫室效應，都是人類幹的好事。」精靈哥哥不依不饒地説，「破壞我的好胃口，哎，外面的人類，進來吧，早就知道你們來了……」

蹲在外面的博士他們聽到這話差點暈倒，這些小東

57

西真是「精靈」呀。

「不好意思，打擾了。」博士説着站了起來，他打開手電筒在亂草上照了照，找到了一個入口，入口上蓋着一扇小門。

博士帶着小助手們笑嘻嘻地掀開小門，走下幾級台階，進入了地洞，這個洞裏面還算是寬敞，沙發座椅等家具一應俱全，一台電視機正開着，「房間」的角落裏還矗立着一台大冰箱。

　　兩個可愛的小精靈——都只有一米多高，坐在沙發上頭也不抬，他們的頭髮是灰綠色的，大大的眼睛，長耳朵，小爪子都胖嘟嘟的。最為奇特的是，兩個小精靈都穿着一身運動服，不過有點舊，上面還有幾個大概是被樹枝刮破的小洞。

　　「什麼事呀，孩子們？」其中一個小精靈漫不經心地問，説着話他還剝開一個榛果放進嘴裏，「你們這些人懂點魔法就總來打擾我們。」

　　「你叫我倆？」本傑明和海倫誠惶誠恐地問，因為他們聽到那個小精靈説「孩子們」。

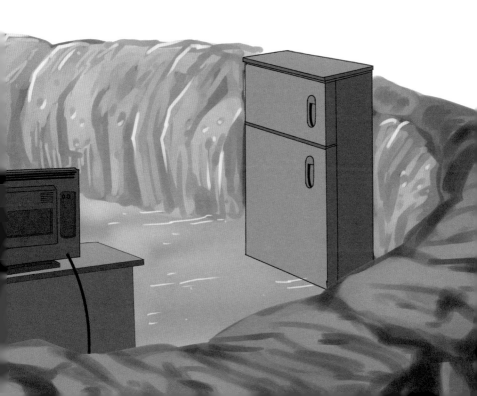

「也包括他。」另一個小精靈指了指博士，「我哥哥説的是你們。」

「我們？」本傑明驚奇地指指自己，又指指博士，説道，「我們是小孩子，可是南森博士今年都120歲了呀⋯⋯」

「那也還是小孩子呀。」精靈弟弟不屑地説，「我哥哥五百多歲了，我三百多，不好意思，年紀太大具體年齡都忘記了⋯⋯」

「啊？」本傑明看看博士，博士對他聳聳肩膀，原來他們找到的是「老精靈」，「博士，我剛才聽到他們説『五百年前』什麼的⋯⋯」

「還博士呢——連我們的年紀都沒看出來。」精靈弟弟在一邊問道，「你是從哪裏騙來學位的呀？」

「我，我的學位是斯塔福德學院頒發的。」博士陪着小心説，「不好意思，打攪兩位了。」

「什麼？」一直坐在沙發上吃榛果的精靈哥哥突然抬頭看着博士，他的態度好像有了改變，「你是斯塔福德學院畢業的？」

「是的。」

「好，很好，你早點説呀，請坐吧！」精靈哥哥説着站了起來，不過怎麼看他都不顯得老，「三百多年前

60

有一個從我們這裏路過的魔怪欺負我，恰好你們學院的
德克爾校長也從這邊經過，三下兩下就幫我打跑了那個
魔怪，救了我的命⋯⋯」

「原來是這樣。」博士聽了十分高興，「德克爾
是我們學校三百多年前的校長，現在的校長已經不是他
了。」

「對對，好幾百年過去了。」精靈哥哥説着指指他
弟弟，介紹道，「這是我的弟弟，你們是⋯⋯」

「我是南森，這是我的助手海倫和本傑明。」博士
連忙向「老精靈」兄弟介紹自己的助手，「還有保羅，
他也是我的助手。」

由於幾百年前斯塔福德學院老校長及時出手相助，
使得這個房間裏的氣氛融洽起來，博士他們坐在了椅子
上。精靈弟弟拿過一籃子榛果給海倫和本傑明吃，兩個
孩子馬上擺手，對這種食物兩人都不感興趣。

「弟弟，他們是人類，可不吃這個。」精靈哥哥批
評弟弟，然後看看兩個孩子説，「不好意思，沒想到有
人來做客，我這裏沒什麼招待你們的⋯⋯」

「你老人家千萬不要客氣。」海倫很有禮貌地説。

「你們還有電視機呀？」本傑明説出了他一直想問
的問題。

「有，我揀的，用蓄電池供電。」精靈哥哥説着又吃了個榛果，蓄電池也是我揀的，你們人類還挺聰明。我以前總飛到歌劇院看歌劇，現在有了這個叫電視的傢伙，我再不用去歌劇院看了……」

「你以前總是飛到城市裏去看歌劇嗎？」海倫好奇地問。

「是呀，那時候年輕，倫敦、利物浦、伯明翰我都去過，巴黎我也去過呢。」精靈哥哥開始他的講述，「我總是進城，遇到的事情可不少，喬治三世的加冕我也見過，當然喬治三世看不見我，我也沒理睬他……」

「哈哈哈……」博士他們都被逗笑了，差點忘了來這裏的目的。

「你們不要笑呀，現在我老了，很少和你們人類接觸了。」精靈哥哥緩緩地舉起手比劃着，看來有了聽眾他很興奮，「我年輕的時候還是挺關心你們人類的呢。二次世界大戰的時候，為了幫美國人要和英國人一起在諾曼第登陸，我找了些朋友想着幫助他們，沒想到他們自己給解決了，哎，動作還挺快的……」

海倫回頭看看博士還吐了吐舌頭，她真的難以想像諾曼第登陸要是有了精靈族的幫助會有什麼樣的戰果。

「那你現在愛看什麼樣的電視節目呢？」保羅也算

是個電視迷，他問道。

「人類就是越來越聰明，連自己的狗都會說話。」精靈哥哥看着保羅，說起自己的愛好來，「電視劇、足球賽、烹飪節目、知識搶答競賽節目……」

「我也愛看知識搶答競賽節目。」保羅興奮地說。

「是嗎？昨天有條問題就差點難倒我，那條問題是世界上最深的海溝在哪裏，我想了半天沒想起來。主持人最後說是太平洋的馬里亞納大海溝。」精靈哥哥說得很起勁，「我一想，就是，我還有個遠方表哥住在那裏呢，他是個水精靈……」

兩個助手依然津津有味地聽着「古老的故事」，博士有點坐立不安了，他們來這裏可不是聊天的，而是有重要任務要完成，旁邊的精靈弟弟看出了博士的心思。

「我說哥哥，人家今天來肯定是有事情的……」

「噢，對了。」精靈哥哥拍拍腦袋，「對不起，你們有什麼事情？」

博士馬上將五號公路發生的奇案告訴了兩個精靈，他特別問到附近森林最近有沒有魔怪出沒的跡象。

「你說魔怪我倒是沒有看見。」精靈哥哥不再談那些往事，也認真起來，「不過我們這裏這些天確實發生了一些奇怪的事情，是吧，弟弟？」

「沒錯。」精靈弟弟回答説。

「什麼奇怪的事？」博士頓時感到整個房間裏的氣氛緊張起來，能讓小精靈都感到奇怪的事情畢竟不多。

「離我們這裏大概幾千米遠的森林裏有個大水塘，有幾天晚上那裏都透出亮光，好像有什麼東西飛過。」精靈哥哥指了指外面，「我不知道那是不是魔怪幹的，我們精靈對身邊五百米內的魔怪很敏感，五百米外超出了我們的感應範圍，我也沒有去那邊看看究竟是什麼，不過我弟弟去了。」

「是的，我去看過兩次呢。」精靈弟弟接過他哥哥的話説，「不過沒發現有什麼東西，我飛過去時，那裏已經非常平靜了。」

「大水塘裏有亮光？具體方位在哪裏？」博士問。

「在我們這兒的西北方，離這兒有三、四公里遠吧。」精靈弟弟説，「那裏距離你們説的那個『鐵包肉』道出事地點倒是很近，就在『鐵包肉』道南面的森林裏。」

「什麼？什麼叫『鐵包肉』道？」海倫不解地問。

「就是你們説的『公路』，公路上面跑的東西，你們叫『汽車』我們叫『鐵包肉』，就是鋼鐵包着肌肉的意思。」精靈弟弟解釋道。

「哈哈，有意思，『鐵包肉』！」博士等人都笑了起來。

「對了。」精靈哥哥又想起了什麼，「這些天晚上，我好幾次都聽到水塘那邊有很大的水聲，好像有什麼東西出沒水塘。」

「是的，我也聽到了，我還聽到那裏傳出的『鐵包肉』喇叭聲呢。」精靈弟弟跟着説，「我當時還想，怎麼會有『鐵包肉』進了樹林呢。」

「你是聽到森林裏有汽車喇叭聲？」博士瞪大了眼睛問，「對了，就是『鐵包肉』的喇叭聲。」

「我想是的，而且還不止一次，現在聽了你們説的那幾個案件，看來可能有怪物把『鐵包肉』弄進了林子裏。」精靈弟弟點點頭，「不過魔怪應該沒有膽量在這一帶活動。」

「就是，你們斯塔福德學院就在北面不遠的地方。」精靈哥哥補充説，「怎麼會有魔怪敢跑到這邊來搗亂？」

「我想也是，不過你們是什麼時間聽到那邊的聲響或發現亮光的？」博士急着問。

「前些天，具體時間我記不得了。」精靈哥哥皺皺眉頭吃力地想着，「不過，就在你們來之前我好像還

聽到那邊傳出一些水聲和喇叭聲，但沒有看見有亮光出現。」

「剛才？」本傑明大聲地叫起來，「你是説剛才嗎？」

「是的，你們來之前沒多長時間。」精靈弟弟口氣很肯定。

「博士，這應該和安德森的遇害有聯繫吧？」

「我想是的。」博士點點頭。

「奇怪，水塘那邊到底是什麼呢？」海倫思索起來。

「這是個很重要的線索。」博士想了想後慢慢地説，然後他看看兩個精靈族的長者，「我真是太感謝兩位了，你們提供的線索很有價值……」

「不要老是道謝。」精靈哥哥又恢復了頑皮的本色，「以後常來我們這裏聊聊天，我們就愛和你們這些小孩子聊天，可惜我們的孩子們都搬走了，温室效應你知道嗎？他們都去了北面涼快的地方，老故事沒聽眾了，我們又不想離開家鄉……」

「好啦好啦，哥哥。」精靈弟弟勸住了他那健談的哥哥，「人家是來辦案的，可沒有我們這麼空閒。」

「我們確實是來辦案的。」博士抱歉地一笑，他站

了起來，説：「我們會再來找你們聊天的，我們也會留下倫敦的地址歡迎兩位去做客。」

「歡迎你們來呀。」海倫也站了起來，「我還想聽從前的故事呢！」

「我也是。」本傑明説，他真有點捨不得這兩位可愛的「老精靈」。

「好的，我有許多老故事講給你們聽。」精靈哥哥笑眯謎地看着包括博士在內的「小孩子」。

「還有我呢。」保羅唯恐把他落下。

「好啊，會説話的小狗。」

「我們走了。」博士很有禮貌地對兩位精靈長者告別，「雖然沒有發現什麼魔怪跡象，但是你們也要當心，有些魔怪還是手段高超，很狡猾的。」

「放心吧！小朋友。」精靈哥哥抬起頭看看博士，「我們會當心的。」

告別了精靈族兩位有趣的長者，博士帶着助手們往森林外走去，海倫快跑幾步跟上博士。

「博士博士，我們去水塘那裏看看嗎？」

「這個我想過，不過精靈弟弟説他去那邊看過兩次都沒有發現什麼。」博士説着站住了，「暫時先不去吧。要是我們也會飛就好了……」

「會飛?」本傑明不知道博士為什麼這麼説。

「是呀,現在我們的法力只能離地兩米再懸空移動一百多米左右,跨條小河還可以,寬些的水面就不行了。」博士很遺憾地説,「如果真有什麼魔力深厚的魔怪躲在那邊,我們拿着手電筒走路過去無疑是處在明處,被偷襲可就危險了,要是我們也能像精靈那樣飛到天上去看看那邊的情況就好了。」

「那我們怎麼辦呢?」海倫着急地問。

「先回加油站去,我想最好把躲在暗處的魔怪引出來,這樣我們才好方便行事。」博士説。

「引他出來?」本傑明摸摸腦袋,問:「怎麼引?」

「回去商量商量,他不是喜歡汽車嗎?」博士的眼睛閃閃發光,「他不是把汽車都弄到林子裏去了嗎?」

博士帶着助手們匆匆地離開了森林,往加油站走去。不一會他們就走到了五號公路,上了公路保羅就不用再帶路了。

第六章 「誘餌」安德森先生

探長一直在埃文河汽車餐廳的大門口等着，他已經通知了手下封鎖五號公路出事地段兩端的入口，可等了博士快一個小時還沒有見回來，探長着急地在餐廳門口走來走去，餐廳裏的人也都很着急，幾個原本要上路的人現在哪裏也不敢去了。

又過了半個小時，正對餐廳的五號公路上匆匆走來三個人和一隻小狗，探長懸着的心終於放下了，他真怕博士等人這麼晚深入森林受到傷害。

「你可算回來了，真是急死我了。」探長見到博士連忙迎上去問，「沒碰到險情吧？」

「還好還好。」博士説，「案件有線索了。」

「碰到……小精靈了？」

「碰到了，還不是一般的小精靈呢。」博士笑笑説，幾個人進了餐廳直奔裏面一處僻靜的角落，「你管轄區裏的精靈見多識廣呢。」

「見多識廣？」探長一臉問號，説道，「我不是很明白……」

「是這樣的……」

博士將他們進入森林發現精靈族兩兄弟，以及兩兄弟提供的線索全都告訴了探長。探長聽得既好奇又恐懼，他大惑不解同時又深感震驚：被害人的汽車不見了，難道都被弄到林子裏去了嗎？

「我覺得真的是有鬼怪幽靈什麼的在五號公路上作案。」探長愁眉苦臉地對博士説，「你想想誰有那麼大力量呀？水塘那些水聲……是不是誰把汽車給扔進水裏了？」

「也不能排除這種可能。」博士點點頭，説：「不過小精靈説他們沒察覺水塘附近有什麼魔怪活動的跡象……」

「那是什麼東西發出的聲音呢？」

「現在還無法判斷。」

「那我們怎麼辦呢？」探長問，「你來決定吧，我全聽你的指揮。」

「剛才我已經認真想過了。」博士説，「我們先偵查搶劫案犯——先不去管他是人是鬼，最好先把他引出來，讓他暴露在明處！」

「怎麼引？」

「他不是喜歡車嗎？如果我開輛車去那個路段引他

來搶我的車，那麼就能抓他了。」

「這……很危險……」探長擔憂地説，「再説他剛剛搶了一輛車，還會出來嗎？」

「有可能，本周四是不是連續發生了兩宗案件？」博士問，「這些傢伙總是貪得無厭的。」

「是的，周四有個人一下被那怪物嚇暈了，醒來後跑到加油站報案，我們去那邊搜索的時候，發現在出事地點前面一公里多的地方還躺着兩個受苦者，一死一傷。」

「所以我們再去那裏一趟是很有必要的。」博士的口氣十分堅決，「剛才你們沒去那裏吧？」

「沒有。」

「那好，你們的警車可千萬不要開過去，如果驚動了那傢伙的話，他今天可就真不會出來了。」

整個餐廳裏的氣氛很緊張，就連兩個不用走五號公路的顧客也不敢出去了。

外面的雨早就停了，路上車輛稀少，誰知道魔怪是否還在那個路段等待着下一輛路過的汽車呢？算上安德森，現在已經有六個受害者了。

博士仍然和探長討論着案情及處理方法，既然現在警方懷疑是魔怪作案，那麼由魔幻偵探所的人來處理此

事就是再適合不過的人選了。

「有勞你們了。」探長衝博士鄭重地點點頭,「這件事就由你們來處理,我們警方給你們提供全方位的支援。」

「謝謝。」博士說着站了起來,「那我就開始安排了。」

「大家注意,」博士走到餐廳的中央位置,面向眾人,用威嚴的語氣說,「我們判斷來自森林深處某種邪惡力量的威脅並未消除,希望大家暫時不要離開這裏,不要靠近森林,更為重要的一點就是絕對不要到五號公路上去。」

所有的人都感到心裏一沉。

「探長先生,出事地段的兩端全都封鎖了吧?」

「已經封鎖了。」探長說。

「太好了,」博士看看錶,「現在是十點半,到天亮之前絕對不能解除封鎖。」

「這個能辦到。」

「我會盡最大努力在天亮前解決這個案子。」博士看看探長,鄭重地點點頭,「我會盡最大力量。」

「我們相信你。」探長放心地點點頭。

「請大家在這裏耐心等待。」博士向眾人說道,然

後他向海倫招招手，「海倫、本傑明、保羅，你們來一下。」

助手們馬上走了過來。

「我們現在就開車去出事地段，我想那個傢伙還會出來。」博士扶着本傑明的肩頭，「本傑明，把幽靈雷達找出來，一會兒要用，雖然小精靈沒有看到魔怪，但我們現在絕對不能排除魔怪作案的可能。」

「好的，博士，幽靈雷達就在車上。」本傑明此時有些激動，「我們現在就走嗎？」

「不，你們等一下。」博士拍了一下本傑明的肩膀，「我還有個計劃。」

本傑明和海倫都奇怪地看着博士，只見博士走到安德森那裏，把他叫了過來。

「安德森先生，你感覺怎麼樣了？」博士示意安德森坐下，安德森一臉疑惑地看着博士。

「好多了。」安德森剛坐下又站起來，説：「謝謝你，我好多了……」

博士拍了拍他的肩膀讓他再次坐下，「有個行動希望你能配合，當然，你也可以拒絕。」

「什麼行動？」安德森誠惶誠恐地問。

「簡單講吧，我們想開車去剛才你出事的地方把那

74

傢伙引出來。」

「那要我做什麼？」

「你回去剛才被擊倒的地方躺着裝死，這樣可以瞞騙作案者。因為如果作案者知道你不在了，也許害怕你跑回來報警就不敢出來了。」

聽到這些話，安德森頓時呆若木雞，本來他想一輩子都不再經過那該死的五號公路了，卻沒料到現在他離開那裏不到幾個小時就又要再去一次。

「你還記得剛才出事的地點吧？」博士繼續說。

「大概記得……啊……一定要去嗎？」安德森哆哆嗦嗦地問。

「如果你去了，那麼引出那傢伙我們把他抓獲的可能性就大很多。」博士很有耐心地告訴他，「你也可以選擇不去，我能夠理解你。」

「我，我是不是只需在那裏躺着？」安德森小心地問，「不需要我做什麼別的？」

「只是躺着，噢，對了……」博士想起了什麼，他向保羅招招手，保羅跑了過來，跳到博士和安德森前面的桌子上，「我們會給你提供必要的防護。」

「什麼防護？」安德森看見剛才紅着眼睛瞪着他的狗跑了過來，有點害怕。

　　「這是保羅。」博士向安德森介紹道，「他是一隻機械狗，具有抵禦魔怪攻擊能力的機械狗，他將隱身在你身邊保護你。」

　　「他？機械狗？」安德森瞪大眼睛，似乎不太相信。

　　「保羅，隱身！」博士命令道。

　　「是！看不見我的形也聽不見我的聲。」

　　話音未落，保羅一下子就不見了。

「我在這裏呢，安德森先生。」從空氣中傳出一把聲音。

還能說什麼呢，兩眼發呆的安德森先生完全信服了。

「為了不讓你在去的路上被發現，我可以先把你也隱身，到了那裏保羅會讓你顯形的。」

「那我去，我去，我恨死那個魔怪了。」安德森連聲答應，「可我的車呢，去了就能找回來嗎？我的車可是新買的，很貴的……」

可能會找回來，抓住那個傢伙後，車子也許就有下落了。」博士笑了笑，「你說是不是？」

「是的。」安德森很惦記他的車，「我去，我去。」

「很好。」博士非常高興，他朝着桌腳那裏看看，「顯形吧！保羅。」

「看得見我的身也聽得到我的聲。」隨着口訣聲保羅立即「冒」了出來，原來他就在安德森的跟前。

「保羅，你和安德森先生先去。」博士嚴肅地說，「到了案發地點後你馬上隱身，然後給我發送個消息，注意把追妖導彈開到發射狀態，魔怪預警系統全部打開，接到我的命令後立即進攻。」

「是！」保羅回答得很乾脆，「可你怎麼把那傢伙引出來呢？」

「我把汽車聲響開大點，再開啟幽靈雷達。」博士説，「幸好你還帶了一枚追妖導彈，記着一定要在關鍵時刻才使用。」

保羅吐了吐舌頭，有點後悔沒有把導彈全帶出來，這都怪自己太懶惰。

「好了，我們馬上行動。」博士説着站了起來，「保羅，你要保護好安德森先生。」

「我會盡最大努力保護這位喝了酒開快車的先生。」

安德森聽到這話臉馬上紅了。

「安德森先生，我們一起出發，我開車送你過埃文河橋後，你和保羅一起下車。」博士握住了他的手，「然後沿着路邊往前走至遇害處，不要弄出什麼聲響，如果遇到危險你先往回跑，保羅會幫助你的。」

「我知道了。」安德森聽話地點點頭。

博士帶着助手們和安德森走出了餐廳，裏面的人全都擠在門口看着他們。

博士開了車門上了汽車，幾個助手和安德森也上了汽車。安德森還在微微顫抖，兩隻手都不知道該往哪裏放。

「沒關係。」本傑明拍拍安德森的肩膀，「保羅身上有導彈的，微型導彈威力可不小。」

「這……這我知道。」

探長跟了出來。

「有什麼事情我會及時通知你的。」博士對探長說，同時做了個打電話的動作，「海倫已經記下了餐廳的電話號碼，你們放心吧。」

「我們隨時準備支援你們。」探長向博士揮揮手。

第七章　寂靜的五號公路

博士的「老爺車」菲亞特一下就竄上了五號公路，它的背後是無數期待的目光。五號公路上非常寂靜，微風吹過，路邊的樹木發出「嘩嘩」的聲音，給人一種不安的感覺，在這寂靜的公路上，只有菲亞特汽車孤獨地行駛着。

不到兩分鐘，汽車就開上了埃文河橋，橋下埃文河水依舊靜靜地流淌着，這種異常的寂靜不知道什麼時候能被打破。

汽車開過埃文河橋後，繼續向前開了一百多米就停了下來。博士看看手錶，時間已經是十一點了，如果沒有遇到這個案件，他們早就已經到達伯明翰了，説不定現在正在做着看球賽的美夢。

「安德森先生，你們可以下去了。」博士平靜地説，「要小心。」

安德森沒有説話，他推開車門，出了一口長氣。

「沒事的。」保羅搶先跳下汽車，「有我呢。」

安德森也隨之下了汽車，博士衝他唸了句口訣，安

德森瞬間就隱身了，保羅唸了句口訣同時也不見了。

「哈，我隱身了嗎？博士，博士，你在哪裏？」空氣中傳來安德森興奮的叫聲。

「小聲點。我在這呢！」博士笑着說，「除了我們魔幻偵探所的人以外誰都看不見你了。」

「注意，安德森先生，我能看見你的隱身，但你看人見我。」保羅提醒安德森，「我就在你前面走，你走慢點，千萬不要踩到我，我的脾氣不太好。」

「我，我知道，太神奇了。」安德森又興奮又好奇，他甚至激動得轉了一圈，「太有意思了，嘿嘿……那我們走吧。」

說着，安德森和保羅就沿着五號公路向伯明翰方向走去，但是沒走幾步，安德森又跑了回來。

「怎麼了？」海倫見他回來以為他又改變主意了。

「我……我是想確認你們還有剛才給我喝的那種水嗎？」安德森緊張地問，「就是我跑到餐廳你們給我喝的那種水。」

「有，有！」本傑明笑了起來，「那種水我們有很多，你想喝幾噸都行。」

「這我就放心了。」

看着安德森放心地走了，海倫用手指指本傑明，意

思是他亂開玩笑，本傑明擠擠眼睛調皮地一笑。

　　菲亞特車靜靜地等候在埃文河橋附近，等着保羅發回來的信息。

　　安德森走得很小心，怕踩到保羅。他想，這個世界真有意思，幾個小時前保羅還紅着眼睛瞪着自己，而現在自己居然和他一起出去執行一項危險的任務了，一旦有事情自己還要依賴這隻據説是帶着導彈的機械狗，真像是在做夢呢。

　　「哎喲——」大概走了十多分鐘，空氣中傳來保羅的埋怨聲，「你慢點走，你剛剛踢了我一腳。」

　　「對不起，我看不見你呀，難怪我覺得有東西絆我呢。」安德森停下了腳步。

　　「好了好了。」保羅看見安德森傻傻地站在原地不動，馬上説，「不要站着不動呀，走呀。」

　　「是是。」安德森有點手足無措，但也有點不高興了，「我説過了我看不見你。」

　　「我就不願意和你們這些不懂魔法的人合作。」保羅好像有些怨氣，「你這小孩子手腳一點也不利索。」

　　「我？小孩子？你……」

　　「我今年100歲了，怎麼樣？比你爺爺都大吧？」

　　「100歲？」安德森張大了嘴巴。

「別說話了，我想應該快到了。」保羅向前張望了一下，「你還記得剛才出事的地方吧？」

「記得，那地方是個角度不大的彎道，我被打倒的地方應該還有一點血跡。」安德森想到這些不禁緊張起來。

「我已經嗅到一絲血腥的味道了。」保羅說着使勁吸氣，命令道，「你不要再說話了。」

又走了大概十分鐘，保羅和安德森來到了公路上的一個彎道處，這就是安德森遭遇魔怪的地方了，安德森此時已經嚇得瑟瑟發抖，雖然他知道自己是隱身的，但是他還是連大氣都不敢出。

血的味道越來越濃了，保羅向前仔細搜索着，突然他停了下來。身邊的安德森還是沒頭沒腦地向前走着。

「站住！」保羅壓低了說話的聲音，「不要走了，你看看是不是這裏？地上有血的。」

安德森馬上停下腳步，低頭一看，果然地上有一攤血，這就是他剛才倒下的地方。

「就是這裏。」安德森說着坐到了地上，「接下來，我……我該怎麼辦？」

「你還躺在這裏，注意頭部壓在血跡上面。」

安德森很不情願地躺了下去，保羅對着安德森唸了

句口訣，安德森一下就顯了形。

　　保羅圍着躺在地上的安德森轉了一圈，對他的偽裝還比較滿意。

　　「你千萬不要亂動，我就在你身邊。」保羅對安德森說，「要是亂動，萬一魔怪過來再揍你一下，你就完了……」

　　「我不亂動。」安德森苦着臉回答道。

在這裏，博士採用了「引蛇出洞」的偵查方法，這是偵探常常採用的偵破手段。博士可以成功把作案者引誘出來嗎？

84

保羅將行動第一步已經完成的消息發了出去。

一條無形的消息飛向埃文河橋附近，博士他們立即就接收到了。在本傑明的特製手機上，顯示着這樣的內容：我們就在距離埃文河橋兩公里的五號公路彎道處，安德森已經偽裝好，等待你們的到來。

「好，我們出發，你倆注意觀察外面的情況。」博士說。

汽車沿着五號公路往前開去。博士仔細地看着窗外，雨早就停了，外面的路在燈光照耀下向前延伸，博士打開了車上的收音機，把音量放得很大，同時他把車窗也完全打開。

「要通知那傢伙我們到了。」博士笑着說。

收音機裏傳出一個歌手的演唱，大概博士不喜歡這位歌手的唱法，他裝作痛苦地皺了下眉頭，馬上換了個台。

「天呀，唱得真難聽。」博士皺着眉說，「誰要是想搶劫我很容易，只要給我放上這樣一段，我什麼都交出來了。」

車廂裏海倫和本傑明哈哈大笑起來，博士真是一個幽默大師。

新換的電台正在播放的是一個情感談話類的節目，

一個女人在裏面哭哭啼啼地向主持人傾訴着自己的不幸，海倫和本傑明對此一點興趣都沒有。

「博士，再換個台好嗎？」海倫建議道。

博士馬上又換了個台，這個台正播放古典音樂，是一首小夜曲，這下誰也沒有再説話了。當然，大家現在已經有些緊張了，險情隨時會出現。

寂靜的夜晚中，小夜曲的演奏聲輕輕地飄出了車外，如果那個魔怪真的還在這一帶走動，那麼他應該是可以聽到的。

「本傑明，開啟幽靈雷達。」

「是，博士。」

海倫開啟了幽靈雷達，如果這一帶出現魔怪幽靈什麼的，雷達能夠立即預警。不過，雷達開啟後沒有任何反應。

博士把車開得較慢，他在等待那個魔怪的出現。

「我看見安德森了。」本傑明説道，「還有保羅，就在他身邊隱了身。」

博士其實也看見了，偵探所的所有人都已經唸好了看見隱形人的口訣。只見安德森躺在路邊一動不動，演技還算過得去。保羅也正在看着開過來的汽車，不過從他的表情看，事情進展得並不理想，沒有任何魔怪存在

的跡象。

菲亞特汽車從安德森和保羅身邊一下就開了過去，五號公路上仍然非常安靜。博士的心裏一沉，重新思考着自己的計劃，如果這次不能把那傢伙引出來，那麼接下來幾天都要這樣出來偵查嗎？

又開了幾分鐘，汽車已經駛離那個彎道四、五公里，依然沒有魔怪的蹤跡，車裏的人都非常着急。

「作案的傢伙可能回森林裏休息了。」本傑明猜測道，「要不我們明天再來？」

「怎麼回事呢？再往前開幾公里就到伯明翰了。」博士看了看旁邊的一塊路標，懷疑地説，「他真的不出來了？」

「我想他是不會出來啦，幽靈雷達一直沒有反應。」海倫也分析道，「他今天得手了，所以回去休息了。」

「可是周四發生過一個晚上連續兩次的劫案呢。」博士邊説邊放慢了車速。

「這……」海倫認真地思考，可也沒有想出一個理由，「我也不知道是怎麼回事。」

「只好先回加油站和探長商量商量了。」博士開始掉頭了，前面不到兩公里就進入伯明翰了，不管是魔怪

還是劫匪在這裏搶劫的可能性都不大。

「我來通知保羅吧？」本傑明問。

「好的。」博士還在思考問題，「到底哪裏出了差錯呢？」

由於博士只顧着想問題，他轉彎沒有轉好，汽車車頭已經轉回來的時候車身一斜，博士猛轉方同盤，但是他的菲亞特還是蹭到了公路護欄。

　　「吱──」博士猛踩刹車掣。車子刹住了，還好車裏的幾個人都繫着安全帶，沒有受傷。

　　「哎呀！我的老伙計啊。」博士跳下了車，海倫和本傑明也跳了下來。

　　萬幸，菲亞特和護欄只是輕微的擦碰，不過這已讓博士很心疼。

　　「還好只蹭掉點漆。」本傑明看看那處擦碰的地方，安慰博士，「比較好修補，錢也花不了多少，不像那些豪華車，修補這麼一塊要花很多錢呢⋯⋯」

　　「本傑明！」博士突然叫喊起來，「你剛才說什麼？」

　　「啊？」本傑明有點不知所措，博士的聲音很大，嚇了他一跳，「我⋯⋯我知道你喜歡這輛車，但是已經碰到了⋯⋯」

　　「你剛才最後一句說什麼？」

　　「我，我，我⋯⋯」本傑明張口結舌，不知道該不該回答。

　　「他最後好像說豪華車要修補這麼一塊地方要花很多錢。」海倫替本傑明重複了剛才的話。

　　「哈哈哈⋯⋯」博士笑了起來，拍了拍本傑明的肩膀說，「本傑明，你可解決了一個大問題呀。」

「什麼？」本傑明如墜入雲霧之中，一點也不明白博士說的是什麼。

「你們等一會，本傑明，先把你的手提電話給我。」博士向本傑明伸出手，本傑明馬上把手提電話交給博士。

博士開始撥號打電話，不一會本傑明就聽到他在向探長核實什麼汽車品牌的事情。

第八章　怪物再度出現

海倫和本傑明互相看看，不知道博士有了什麼新發現。「你們兩個快進去，我們馬上回去。」打完電話，博士招呼兩個仍然站在車外的助手上車。

本傑明和海倫馬上鑽進了汽車，博士先把車倒退一點離開那護欄，然後把好方向朝埃文河加油站駛去。

「我已經給威爾探長打過電話了。」博士興奮地說，「他說前三宗案件，被劫的車分別是一輛勞斯萊斯、兩輛羅孚，加上今天被劫的平治，全是豪華轎車，沒有一輛價格低於十萬英鎊，你們知道是怎麼回事了吧？」

「啊……我明白了。」海倫大叫起來。

「我也知道了。」本傑明恍然大悟地說道，「是我們這輛車檔次不夠，那個魔怪劫匪看不上。」

「他真是沒有眼光，我這輛車開起來很不錯的。」博士微微一笑，但馬上又嚴肅起來，「不過，那傢伙怎麼知道我開的不是豪華車呢？他要是藏在路邊的樹林裏看來往的車輛，幽靈雷達應該能搜到他。莫非他不是魔

91

怪⋯⋯或者用了什麼高級技術在窺探⋯⋯」

「那我們現在怎麼辦？」海倫望着路旁的樹林問，「回去換輛車嗎？」

「對，回去換輛好車，非把那傢伙引出來不可，剛才我有些大意了，沒想到這個問題。」博士現在有些着急，他把車開得很快，還好這個路段兩端均被封鎖了，不會再有其他車輛開來，「本傑明，把這個消息告訴保羅，讓他和安德森再在原地等一等。」

本傑明聽到博士的吩咐後，馬上給保羅發了信息。

沒過幾分鐘，汽車就開到了那個彎道處，遠遠的，本傑明就看見安德森還在那裏躺着，而保羅則在向他們打招呼，他已經收到信息知道情況了。

很快汽車就開回了埃文河加油站。加油站的汽車餐廳門口站了許多人，探長站在最前面，看見博士他們回來，大家圍了上來。

「你説得很對。」博士剛把車停下，探長就湊上來説，「被搶的全都是高檔車，我們剛才忽略了這個細節。」

「那你幫我找到高檔車了嗎？」博士下車後急切地問。

「我剛想出去找，就看見門口有輛保時捷。」探

92

長指了指餐廳門口停車場上的一輛非常漂亮的銀色保時捷，「這是菲力浦先生的，他同意將車借給我們引那傢伙出來。」

「南森博士，」叫菲力浦的人走了過來，他就是剛才幫忙抬受重傷的安德森進餐廳的人，看得出來他是一位很熱心的人，「如果你們需要這輛車，儘管使用。」

「萬分感謝。」博士握住了菲力浦先生的手，「但我不能保證你這麼貴重的車輛不受損害，畢竟那是一個兇惡的傢伙……」

「這我知道，所以我是有條件的。」菲力浦微笑着，緩緩地說道。

「條件？」博士吃驚地問，「什麼條件？」

「條件就是案子偵破了後你要和我合照，還要簽上你的大名。」菲力浦笑容燦爛地說，「我要把照片掛在我家的客廳裏。」

「這個沒問題，完全沒問題。」

偵探所的三人立即上了菲力浦的保時捷，為了「釣」魔怪出來，這樣一部價值不菲的高檔車現在已經成為「魚餌」，萬一和那魔怪交手時碰壞了汽車，他們都會覺得對不起菲力浦先生，但是為了不讓魔怪再傷害更多的人，只能先冒一下險了。

93

　　大家坐在車裏都有同樣的一種感覺：這輛高檔車太舒服了！舒服得本傑明都不知道把手放在哪裏好了。

　　本傑明已經將他們駕駛着高檔汽車，再次上路「釣魚」的信息發送給了保羅，保羅的回覆是他仍然在原地待命。

　　為了把那個傢伙引出來，博士把車開得很慢，並且打開了車上的收音機，把音量開到最大。五號公路上，一輛高檔保時捷汽車裏傳出的音樂聲已經傳送至公路兩邊的森林之中。

　　「一定要把他引到寬闊平坦的公路上來。」博士想。

　　「你們多留意，馬上要到那個彎道了。」博士提醒兩個助手説。

　　「放心吧！博士。」海倫的眼睛始終盯着她那邊的森林，她和本傑明有個左右的分工。

　　「本傑明，幽靈雷達有反應嗎？」博士問。

　　本傑明馬上看看幽靈雷達，上面的紅色燈柱紋絲不動。

　　「沒有，什麼反應都沒有。」

　　這台經過不斷改進升級的幽靈雷達反應極為靈敏，周圍幾百米範圍內如有魔怪活動，雷達的紅色燈柱就會

上升，當然雷達距離魔怪越近，紅色燈柱反應越強，如果近距離接近魔怪，雷達的燈柱就會布滿紅色。

「為什麼還沒有動靜呢？」博士心中充滿了疑慮，他慢慢地開着車，前面就是那個角度不大的彎道，幾個人全都看到了躺在地上的安德森。安德森「忠於職守」、一動不動地躺在那裏，看樣子好像睡着了。旁邊的保羅仍保持隱身狀態，看見汽車開了過來，他馬上向車裏的人揮揮爪子。

保時捷「颼」地一下就從安德森和保羅身邊開了過去，本傑明衝保羅做了個鬼臉。

哇！保羅想叫但是他克制住了自己，心想：真是輛好車！保羅啟動自身的信息處理系統，一下就認出這輛保時捷是今年的最新款。

「這輛車不錯呀。」保羅小聲對安德森說，「比你那輛還要貴一萬兩千英鎊。」

保羅見過安德森被劫走的平治車，他給兩部車進行了價格比較，不過他沒有聽到任何回答，保羅低頭看看安德森，他居然睡着了。

「『上班時間』還睡覺。」保羅不滿地衝着已經睡着的安德森說道，「我現在就不叫醒你了，除非你打呼嚕或者亂翻身。」

　　保時捷開過了彎道有五、六百米，周圍依然是一片寂靜，一輛汽車在月光下的公路上孤零零地跑着，旁邊是連片的茂密森林，這種寂靜使人感到透不過氣來。

　　本傑明看着窗外，森林裏沒有什麼動靜，他不禁有些失望，月亮慘白地掛在空中，更顯得氣氛詭異。

　　坐在本傑明左邊的海倫也愁眉苦臉的，一點精神也沒有。魔幻偵探所的兩位助手互相看了一眼，很是無奈。本傑明張口打了個呵欠，他有點睏了。

　　突然，一個黑影從車旁閃過。

　　「啪！啪！啪！啪——」有什麼東西在拍打着車頂。

　　汽車裏的人都立刻被這等待已久的聲音提起了精神，本傑明第一反應是看了一眼幽靈雷達，上面顯示有魔怪出現的紅色燈柱微微跳了一下。

　　「博士，雷達有輕微反應，但是這反應太小了。」本傑明小聲地說道，他有點懷疑幽靈雷達是不是壞了，拍擊車頂的那個東西距離雷達很近，如果是魔怪那麼紅色燈柱應該反應激烈才對。而要是車頂上不是魔怪，幽靈雷達是一點也不會動的。

　　「知道了。」博士把車停到了路邊，他回過頭來看看兩個助手，衝他們點點頭，其實不管車頂上面是不是

魔怪，博士他們都要出來同他進行正面交鋒的。

車頂上的拍打聲在車子停下後又有節奏地響了幾下，車裏的人並沒有馬上下車，本傑明給保羅發了個信息，叫他馬上過來支援。

時間過去了兩分鐘，車頂上又傳來拍擊聲。

「一起下去，聯合攻擊！」博士小聲說道，說完他很小心地推開了車門。

三個人一起從車上下來，眼睛向車頂望去，那裏什麼都沒有。

「哈哈哈哈哈哈……」一陣極其恐怖的怪笑聲突然從高空傳來，博士明顯感到有一股涼風襲來。

借着月光，一個面目猙獰的怪物從天而降，他的兩隻耳朵尖尖的，臉部沒有皮膚，肌肉裸露在外面，上下兩排尖牙也暴露着伸出嘴外，從外表上看這絕對是一個作惡多端的怪物。這個怪物身上披着巨人的黑色斗篷，腰顯得很粗，有兩隻白色的爪子從斗篷裏伸了出來。

他的體積很大，將近兩米寬，好像沒有腿。博士還是第一次看到這種長相的魔怪。

「等你好久了！」博士大喝一聲，聲音震耳欲聾，「今天你休想走了！」

這個怪物顯然聽到了博士的話，他在空中稍微靜止了一下，然後一個俯衝就朝博士撲了過來。博士閃身躲過，怪物馬上飛上半空，一個轉身又撲了下來。

「鋼鐵牆！」博士唸了句口訣。

「噹——」的一聲，怪物猛地撞到了那無影無形的鋼鐵牆上，一下就被彈到地上。

被彈到地上的怪物慘叫了一聲，海倫和本傑明馬上跑上前去抓他，那傢伙突然騰空而起。

「凝固氣流彈！」海倫和本傑明一起唸口訣，兩股衝擊波同時射向怪物。

怪物大概知道情況不妙，掉轉頭就想逃跑。本傑明射出的氣團「轟」的一聲從怪物身邊擦過，擊中了遠處的一根樹幹，「咔嚓」一聲樹幹被擊斷。海倫射出的氣團則準確命中了怪物的身子，「噹」的一聲，清脆的、類似金屬撞擊的聲音過後，他再次落到地上。

「我來了！」保羅喊叫着也衝了過來，「他跑不了，我來炸死他！」

遠處的安德森氣喘吁吁地也在往這邊跑，保羅接到本傑明發來的信息後就解除隱身，並叫醒安德森，然後一起往這邊趕來。

本傑明和海倫再次上前，想要抓住那個怪物，誰知

那傢伙一下又飛起來，不過他這次起飛搖搖晃晃的，估計是因為遭到了沉重打擊。他慌慌張張地向公路南面的森林裏飛去。

　　「追！」博士第一個衝了上去，「不能讓他跑了！」

海倫和本傑明也跟了上去，保羅開啟了身體裏的搜索系統，朝那個已經接近森林的怪物發射信號，目的是將他鎖定。

　　「好，鎖定他了……我探測到他的身體了，是鋼鐵結構的！」保羅激動地喊道，「可是很奇怪，他也有魔怪反應！

　　「樣子看上去是有點彆扭，老伙計你一定要緊緊鎖定他。」博士跟着保羅跑過去，「不要盲目攻擊，你只有一枚導彈。」

　　安德森此時跑了過來，博士看見了他，停下了腳步，保羅、海倫和本傑明跨過了公路護欄去追那個已經逃進森林的怪物。

　　「安德森，馬上開車回去告訴威爾探長，我們去追那個『怪物』了。」博士囑咐道。

　　「好，我馬上去。」安德森立即鑽進汽車，掉頭回去報告。

第九章　驚心動魄的激戰

保羅衝在最前面，本傑明和海倫緊跟其後都衝進了森林，博士隨後也跟了上來。因為剛下過雨，森林裏的路很不好走，幾個人踩在濕漉漉的樹葉上差點摔倒，海倫拿着手電筒照着路。

「保羅！」博士努力保持着平衡，「怎麼樣？沒讓他跑了吧？」

「已經鎖定了，他就在我們前面兩百多米的地方，他還在往樹林裏潛逃。」保羅機敏地在樹林裏前行，「既是鋼鐵結構，也有魔怪反應，現在我也沒法測算出他是什麼！」

「抓住他就全知道了。」本傑明看見海倫腳下一滑馬上扶住她，「你小心點。」

森林裏很暗，大家跟在海倫後面艱難地前行。保羅有紅外線夜視功能，走得較輕鬆。

「哎喲。」博士不小心撞在一棵樹上，他摸着被撞疼的頭叫起來。

海倫和本傑明馬上回轉身扶住博士。博士停下來稍

微喘了口氣，又繼續向前追擊。

「趕快。」一直處在「追擊三人組」前面的保羅衝後面喊起來，「信號有點弱了，他距離我們有三百米了，在這種樹林裏距離一旦超過四百米，信號就有可能消失。」

現在，大家進入一片比較開闊的地帶，這裏樹木不多，基本上都是平地，博士有些納悶。正在這時，本傑明不知道踩到了什麼，一下就摔倒了，還好他摔得不重，看見那個絆倒他的東西就在旁邊，他一把將它拿起。

「什麼東西？」本傑明生氣地一看，突然他的眼睛瞪得極大，渾身汗毛乍起，「啊——」

一個骷髏頭被本傑明抓在手上，那兩個大眼洞陰森森地瞪着他。本傑明一下就把那個骷髏扔出去好遠。

「快看，這是一片墓地。」保羅指了指幾塊倒下的墓碑，「不過放心，這裏沒有幽靈。」

「快走吧！本傑明。」海倫和博士拉起了本傑明。

真討厭，這東西是怎麼跑出來的？」本傑明被拉了起來，嘴裏咕噥着。

「誰知道，也許被什麼野獸刨出來的。」保羅說完又催促起來，「你們快點，他距離我們超過四百米了。」

大家意識到問題的嚴重性了，紛紛加快腳步追了上去。

忽然，前面的保羅卻停了下來四處張望。

「怎麼了？」博士跑到他身邊急切地問。

「你自己看看，信號沒有了。」保羅垂頭喪氣地說。

保羅後背升起一塊電腦熒幕，上面顯示的是追蹤雷達的信號圖，但它現在卻跟丟了目標。

「不要着急，保羅，估計精靈們說的那個水塘就是他的老窩，你能確定那個水塘的位置嗎？用你的全球定

位系統。」博士命令保羅，「水塘應該就在這附近，那個怪物跑不了的。」

保羅立即開啟了他的定位系統，很快就找到了那個水塘，他後背上的電腦熒幕也切換到了這個地區的地圖，很快，一個亮點就在圖上出現了。

「左前方，大約五百米。」博士看着熒幕説，「我們繼續追。」

幾個人在黑暗中前進，雖然每個人都摔倒了幾次，海倫的手還被樹枝劃破了，不過這並不影響他們捉拿魔怪的決心。

終於，他們的前方出現了一個大水塘。這片水塘長度和闊度都超過了兩百米，水面看上去很平靜，此時天空中烏雲正慢慢散去，淡炎的月光倒映在水面上。此處距離五號公路出事地段最少也有一千米的距離。

「應該就是這裏了。」博士在水塘邊蹲下來，「精靈們説有聽到水聲，估計怪物鑽到水裏去了。」

「潛水怪物？」保羅驚叫一聲，不過他的聲音不大，「我用聲納探測一下吧。」

「好，開啟聲納系統。」博士説。

保羅開啟了聲納探測系統向水下連發了幾個信號，然後等待信號的回饋。

「博士博士，你們快來看看。」沒幾秒鐘保羅就興奮地叫起來，「那個『怪物』好像就在水裏。」

「什麼什麼？」本傑明興奮地看着保羅後背上升起的電腦熒幕，這次熒幕已經切換到聲納系統了，熒幕顯示表明水下確實有不明物體，「果然在水裏，他會潛水嗎？」

「是的，不過我好像還找到了……」保羅沒有再説下去。

「找到了什麼？快説呀。」海倫着急地問。

「我找到了……」保羅猶猶豫豫地説，「他的媽媽……」

「啊？！」海倫和本傑明都目瞪口呆。

博士蹲下來開始觀察分析熒幕信息，果然，他發現就在大約五十米的水下，表示剛才那個怪物的綠色亮點旁邊，還有一個比它大得多的綠色亮點。

「也許真是他的……媽媽……」博士喃喃道。

「據聲納測算，他的『媽媽』長、闊約10米，高約4米……好大的傢伙呀！」保羅停了一下，然後激動得小聲叫起來，「他也是鋼鐵結構，也有魔怪反應，這個傢伙的魔怪反應比先前那個要強很多呀！」

「到底是個什麼東西呢？超大魔怪？」博士百思

不得其解，不過他果斷地下達了新的命令，「我們先用
『凝固氣流彈』把他們轟出來，然後保羅負責進行導彈
攻擊。」

「是……不過……」

「不過什麼？」

「我只帶了一枚導彈，如果兩個都出來，我攻擊大
的還是小的？」

博士揮了揮手說：「當然是攻擊大的了，小的由我
們來對付。」

「是，保證一彈命中！」保羅舉起他的爪子做了個
敬禮的動作。

「來吧，大家合力轟他們出來！」博士看了看兩個
小助手。

三個人同時各唸口訣並亮掌擊出，三股凝固氣流如
同出膛的炮彈鑽進水裏。水面被氣流擊破發出巨大的聲
響，並掀起十幾米高的水花，之後沒有多長時間水下就
發出一陣悶響，氣流彈擊中了下面的不明物體，博士他
們連續推出十幾股氣流，整個水面被掀得水花亂濺，如
同開鍋一般，遠遠的都能聽到這邊異常熱鬧的聲響。

「怎麼還不出來？」本傑明有點不耐煩了。

「再給他幾下，不信他不出來。」說着博士又向水

下推出一股氣流，這種壓縮氣流的衝擊力是極大的。

「還不出來。」海倫也有點不耐煩了，「怎麼回事呀？」

正在這個時候，水面突然開始翻動，緊接着，一個東西從水裏騰空而起，它帶出的水花甚至濺到了水塘邊的博士臉上，海倫用手電筒一照，正是那個剛才和他們交手後逃跑的怪物，他的斗篷不停地往下滴水。

怪物一出水就向高空飛去，顯然是想逃跑。

「出擊！」博士説着唸出了「凝固氣流彈」的口訣，與此同時，海倫和本傑明也唸動口訣。

三股氣流合力直射向那個已經離地幾十米的怪物，一下就擊中了。三股氣流合在一起的攻擊力極其強大，只聽「噹」的一聲巨響，怪物發出一聲慘叫，他被打得在空中翻滾起來，隨後直線落地，掉下來的時候還砸斷了許多樹枝。他落到了距離三個人一百多米遠的地方。

「好！打下來了。」保羅在一邊大喊起來，剛才的攻擊他沒有參與，心裏直癢癢，都怪他自己不多帶導彈來。

「我去看看。」本傑明看着遠處那個掉在地上的怪物説道。

「還有一個大的。」海倫提醒博士和本傑明，水面

這時已漸漸恢復了平靜。

「以為我們不知道有兩個。」博士想了想，「派出個小的來想把我們引走，先不管那個小的，我們繼續攻擊水下。」

他們繼續對水下物體發動攻擊。水面頓時響聲四起，再次開了鍋。水塘裏的水急劇地翻騰着，整個水塘好像都要被掀起來了。突然，水塘的水好像一下就全部升上半空之中，水下發出一陣轟鳴。同時，一個龐大的、類似飛機的物體帶着巨大的呼嘯聲飛上天空，它的尾部噴着白色火焰並放出強烈的光芒。

「好像是飛碟呀！」保羅大叫起來。

博士也喊了起來：「大家小心！」

飛出來的東西不像飛碟而像是飛機，但它的軀幹比飛機要短，左右兩翼的翅膀也很短，頭部有個駕駛室，尾部噴火。這架怪模怪樣的「飛機」從水塘裏飛了出來，它的長度將近10米，闊有6米左右，高度大概有4米。整體看這個傢伙黑乎乎的，有些地方好像還坑坑窪窪，樣子很難看。只見它一下就飛到七、八十米的高空中，突然，它在空中停住不動，水珠不斷從上面揮灑下來。

博士和助手們都驚呆了，一時間居然都忘了對着

這個能在空中懸停的「飛機」進行攻擊。「飛機」懸停着，像是在尋找目標。突然，它一個俯衝猛地撲向博士他們。

「不好了，大家小心。」博士說着就向那個撲下來的大傢伙推出一個凝固氣流彈。

氣流彈直射那架「飛機」，「噹」的一聲準確命中「飛機」的正面，但那龐然大物好像只是被震了一下，博士的攻擊並沒有阻止它往下猛衝。

突然，迎面撲下來的「飛機」機身開了兩個小口，幾枚閃着寒光的炮彈呼嘯着，朝博士他們飛射過來。

「快躲開！」博士大喊一聲，猛地拉了一把身邊有點發呆的海倫，兩人跳到一棵大樹旁邊趴下，本傑明和保羅站的地方離博士有十幾米遠，博士朝他們大喊，「本傑明，保羅快躲開！」

「轟！」一發炮彈在剛才海倫站着的不遠處爆炸了，正在躲避的本傑明和保羅被巨大的氣浪掀倒。

緊接着，又一發炮彈直奔本傑明摔倒的地方射來，此時本傑明趴在原地，他被震暈了，保羅則被氣浪推得更遠一些，也震得暈沉沉的。

「本傑明快跑！」海倫狂喊着叫本傑明躲開。

「無影鋼鐵牆！」博士唸了句口訣，一道鋼鐵牆瞬

間形成並擋在了本傑明身前。

「轟！」的一聲，炮彈重重地砸在了無影牆上並隨即爆炸。博士及時出手救了本傑明的性命，當他看到本傑明還沒挪動身體時，急得一下從樹後面衝出來想把他拉到樹後，結果剛剛跑了幾步，一發炮彈就在他和本傑明中間爆炸了，博士也一下就被氣浪掀倒。

「博士——」海倫急得衝了過去，她想扶起博士，博士看看她，努力想站起來但沒有成功，還好他沒有受傷只是被震得頭暈。

這時，「飛機」呼嘯着從博士他們頭頂劃着弧線飛過，它再次升高了近百米，然後又俯衝下來，準備發起第二輪攻擊。

「你快躲到樹後去。」博士對海倫喊道，說完他繼續向本傑明爬去，此時的本傑明也掙扎着想站起來，海倫卻站在原地有點不知所措了。

「飛機」的突然襲擊對博士他們來說是完全出乎意料。

那個傢伙完全是不依不饒，它由上向下再次撲來，一發炮彈也射了下來，目標就是博士，海倫急忙衝向前壓倒博士，「轟」的一聲，炮彈在博士旁邊的不遠處炸響。

「咣——」突然又一聲巨響傳來,只見衝下來的「飛機」機身上的一個炮彈射擊口被一枚導彈擊中,在紅色的爆炸煙霧中這個射擊口一下就被摧毀了。

「打中了!」只見保羅搖搖晃晃地走向本傑明,「本傑明,你沒事吧?」

導彈正是保羅發射的,剛才他被炸得暈頭轉向,稍微清醒一點後看見「飛機」衝下來,便立即射出一枚導彈,這枚導彈正是衝着那個大傢伙的射擊口去的。

「我⋯⋯我沒事⋯⋯」本傑明站起來走向博士,「啊,它又衝過來了!」

「飛機」雖然受到了損傷,但是並沒有被擊落,它搖晃着上升了三百多米,在空中懸停了足有一分鐘,大概發現沒有導彈再度襲擊,於是又再次撲下來欲置博士他們於死地。

「都到我這來!」博士已經從剛才的打擊中恢復了鎮定,保羅的反擊為博士復原贏得了時間,此時他帶着海倫已經和本傑明匯合,博士喊道,「一起豎立防衞牆!」

在博士的指揮下,三道無影鋼鐵牆隨着大家的口訣聲豎立起來,形成了有效的保護網。「飛機」衝下來時,從另一個射擊口發出的炮彈接連炸響在鋼鐵牆的牆

壁上，鋼鐵牆成功地擋住了那些炮彈。

「哈哈，全擋住了！」保羅站在博士身邊高興地喊起來。

「下一步怎麼辦？」海倫大聲喊道。

那個龐大的「飛機」的射擊口突然停止了射擊，但是隨後「嗖」的一聲，從射擊口中猛地噴出一道筆直的紅色鐳射線，「轟」的一聲巨響，三道鋼鐵牆一起被射穿，鋼鐵牆轉瞬間爆裂，氣狀的碎片把博士他們三人全部震翻在地。「飛機」在本傑明仰面倒地的上方再度上升，本傑明看到「飛機」尾部噴射火焰並發出耀眼光芒，連忙扭頭躲閃那刺眼的光，慌亂中他的頭碰到了一塊大石頭。

「飛機」升高後再度俯衝下來，博士和海倫掙扎着爬了起來。不遠處，本傑明的眼睛剛才被晃了一下，看東西有些模糊。此時，他看到了腦袋邊上的那塊大石頭，突然好像想到了什麼。

「巨石巨石起飛……」本傑明對着那塊石頭唸起了口訣。那塊巨石一下就飄在了空中，本傑明大聲地高喊起來，他的手還指着那「飛機」的尾部，「飛進噴射白光的地方……」

那塊巨石慢慢地升空，搖搖晃晃的，博士和海倫聽

到了本傑明的口訣，明白了什麼，他倆一起把手指向那塊巨石。

「巨石巨石起飛，飛進噴射白光的地方。」

向下俯衝的「飛機」又射出了一發炮彈，大家慌忙躲避。這時，那塊巨石在博士三人一起唸出的魔法口訣的引導下，加快了飛行速度，一下飛進了「飛機」尾部放光的地方。

「咣——咣——轟——」天空中的龐然大物突然發出巨大的響聲，然後冒出白煙，隨後這架「飛機」似乎完全失去了動力，從兩百多米的高空直接掉了下來，先是砸到幾棵大樹的樹冠上，隨後徑直落在地上發出巨響。「飛機」落地後開始冒煙，但是沒有散架也沒有着火，只是地面被它砸了個大坑。

博士和助手們本能地連忙躲避，保羅被一塊碎石片擊中，「飛機」掉下來的地方距離他們有近百米遠。

「好樣的本傑明。」博士望着那掉落下來的飛機，緩緩地對本傑明説，他長出了一口氣。

「非……非常規戰術。」本傑明大口地喘着粗氣，衝着博士點點頭，他的手心都濕了，手還在不由自主地發抖。

不遠處，被擊落的「飛機」歪倒在地上，它應該

是採用了非常高超的技術製造而成，即使動力系統遭到打擊後也沒有引起整體的爆炸。「飛機」落地是機腹着地，落地後只冒了些煙，並沒有着火。

博士他們一起飛快地跑到「飛機」的旁邊，將它包圍起來。它的尾部不斷有白煙冒出，從它的前半部可以清楚地看到裏面有駕駛室，有一扇艙門，還有舷窗。是誰搞了這麼個東西呢？偵探所成員都很好奇。

「博士，我探測到了。」保羅說，「裏面有個魔怪，不過他好像死了，要不就是受了重傷！他現在一動不動了！」

「剛才探測他時，保羅說他是鋼鐵結構還有魔怪反應。」博士指指眼前的「飛機」，「原來是魔怪鑽在裏面。」

「裏面的⋯⋯怪物出來。」本傑明高喊，「再不出來就放導彈炸你！」

「飛機」裏面沒有任何反應。

「不會有回答的。」博士說着看看兩個助手，「我來！」

說着博士唸了句口訣，一股氣流猛地從他的手掌中推出，「嘡」的一聲，「飛機」的艙門被推開了，伴隨着煙霧有光線從裏面射了出來。

「海倫和保羅留在外面，沒通知你們千萬不要進來。」博士警惕地說，等煙霧散了，他才走過去伸頭看了看，「我和本傑明進去。」

兩個人跨進了「飛機」的艙內，裏面十分寬敞，存留的煙霧味道很難聞，機艙裏空蕩蕩的，看上去很簡陋，只有兩把鐵製的椅子焊在機艙壁上。博士和本傑明皺着眉頭小心地向駕駛室走去。

「博士，快看，一輛汽車。」本傑明眼尖，大叫道，「安德森的平治車！」

果然，安德森的平治車被一些繩索結結實實地固定在機艙的一個平台上。博士看看汽車沒去理也，他現在最關注的是駕駛室裏的那個魔怪。很快他倆就走到了駕駛艙，博士一推，駕駛艙的門「吱」地一聲打開了。

駕駛艙裏和一般的飛機駕駛艙沒有太大區別，駕駛台上很多儀錶好像還在工作，不過有些煙霧從裏面冒出來。駕駛台前有兩把像是自製的鐵椅子，也挺粗糙的，其中一把椅子上斜躺着一個歪倒的男人，外表看上去倒不像個魔怪。這個人年齡比較大，閉着眼睛，頭髮灰白，他身上綁着安全帶，腦袋上有很多黑色的液體流了下來。

「死了吧？」本傑明說着靠近那個人想看個究竟。

「本傑明小心！」博士連忙制止他。

博士的話剛出口，突然，座位上的那個人猛地睜開眼睛，直視着本傑明。這個垂死的人的眼神極為兇殘恐怖，他「啊」地怪叫了一聲，揮拳向本傑明擊來。

本傑明只感到一陣寒氣襲來，面對這樣的突然襲擊他慌了，幸好博士眼疾手快一把就推開本傑明，那個傢伙的拳頭，掃到了本傑明的胳膊，本傑明疼得直咧嘴。

「啊——」由於被安全帶綁着，那個傢伙伸出的拳頭夠不到被推到一邊的本傑明，他伸着兩隻黑瘦的手爪在空中發瘋般的亂抓，忽然一大股黑水從他口中噴出，他又「啊」地叫了一聲，隨後像洩了氣的氣球般頓時軟了下來，癱倒在椅子上，兩隻黑手爪垂回地面，一動也不動了。

「本傑明，你沒事吧？」

「沒事，稍微有點疼而已。」

駕駛室裏隨後是一片寂靜，等了兩分鐘，博士估計那個傢伙已經真的死了，他才慢慢地走近了他，小心翼翼地抬起他的腦袋。

「天呀，這……這是弗朗茲！」博士近距離看到那人的面孔後驚呼起來。

第十章　人形人面魔

「啊？！」本傑明聞聲連忙走了過來，只見那傢伙臉色灰暗，看上去讓人感覺很不舒服，「博士，你認識他？！」

「認識！」博士說着伸手摸摸那人的頭和脖子，然後解開他的安全帶，說：「內出血，他死了，剛才是垂死掙扎……我們先把他弄出去再說。」

兩人將弗朗茲拖出了「飛機」，海倫和保羅在外面都等急了，看見博士和本傑明架着一個人出來，海倫馬上跑過來幫忙。

「剛才好像有叫聲，發生了什麼事？」海倫急切地問。

「沒事，沒事。」本傑明連忙說。

「裏面什麼樣？」海倫又問。

「挺簡陋的，不過發現了安德森的平治車。」本傑明有些興奮，「海倫，博士認識這傢伙！」

博士等人把弗朗茲放在了距離「飛機」幾米遠的地方，博士掏出手絹擦擦手，長出了口氣，然後他蹲下去

又摸了摸弗朗茲的腦袋和脖子。

「他死了，這傢伙還有個同夥。」博士指指一百米外那個一出水就被擊落了的「怪物」。

幾個人連忙跑到那個怪物的落地處，怪物此時正歪倒在草叢中，露在外面的「胳膊」全斷了。博士用手電筒照了照，發現那「斷肢」是塑膠的，而它可怕的「腦袋」居然落在「身子」外幾米處，分家了。

本傑明和海倫扯下「怪物」身上那又長又大的黑斗篷，一切都看得清清楚楚了，斗篷裏是一架僅僅能乘坐一個人的圓盤狀小型飛行器，有點類似於飛碟的形狀。它斜放着，發動機噴口在它的底部。「飛碟」直徑近兩米，高不到一點五米，人在裏面無法站立。落在草地上的「鬼怪腦袋」和斷了的「鬼怪魔爪」只是偽裝的道具，它們是被連接在「飛碟」上的，連接上後再用斗篷蓋住「飛碟」機身，只露出「腦袋」和「胳膊」，看上去當然有點不成比例。

「飛碟」上有兩個有亮光透出的小孔，估計是瞭望口，還有一扇小艙門，應該是進出口，博士使用氣流彈轟開了艙門。

艙門打開，一道耀眼的光從裏面射了出來，博士小心翼翼地靠近「飛碟」，確定除了從裏面透出的光芒外

沒有其他詭異的地方後，他才謹慎地把頭伸進艙門裏。「飛碟」的艙室很小，僅能讓一個人坐在裏面，不過裏面的操作設備俱全，博士看到一個臉色發暗的年輕男子暈倒在駕駛座上，說是駕駛座，其實就是一把很舊的鐵椅子。

博士伸手就能觸碰到歪倒着的男子，他慢慢地把手伸向那個男子的脖子，那人沒有任何反應，隨後博士又摸摸他的腦袋。

「幫我把他架出來。」博士對身後的助手說，「他昏迷了。」

大家七手八腳地把那個男子抬了出來，然後把他也拖到那架大「飛機」旁，在弗朗茲身邊放倒。

「他也是受撞擊後造成內傷，傷得不算輕，但是還有救。」博士再次摸了摸那個男子的脖子，「海倫，給他灌急救水。」

「你也認識他嗎？博士。」本傑明問。

海倫正在給那個男子灌急救水，他傷得不輕，估計要過一會才能醒來。

「我不認識他。」博士看了那男子一眼，然後搖搖頭。

「本傑明說這個人你認識，他是誰呀？」海倫指指

已經死去的弗朗茲説。

「他？他叫弗朗茲。」博士看了那個躺在地上的傢伙，説：「不過他不是人。」

「什麼？不是人？」海倫和本傑明都驚叫起來。

「對，他不是人，他是魔！」博士朝弗朗茲努努嘴，「你們去摸摸他的皮膚就知道了。」

本傑明小心翼翼地靠近那個傢伙，伸手摸了摸他的皮膚。

「好涼呀。」本傑明抬頭看看博士，「是因為他死了嗎？」

「恰恰相反，要是他活着體溫比現在還低。」博士看看驚呆了的本傑明，「你再看看他頭上流下來的是什麼？」

「這麼黑，和黑墨水一樣，不會是血吧？」本傑明覺得那東西很噁心。

「這是血，人形人面魔的血。」博士語氣沉重地説，「現在整個案子我已經明白七八分了。」

「人形人面魔？！」海倫和本傑明一臉疑惑地看着博士，等待着他説出答案。

這個叫弗朗茲的人可不一般。博士在五十多年前就聽説過他，那時弗朗茲二十多歲，可以説是個天才，他

不到二十歲就獲得了物理學和機械製造學的博士學位，本來是大有前途的。但他在一個偶然的機會結識了一個叫希爾的壞巫師，希爾給了他一本名為《長生術》的書，這是一本禁書，書上介紹了一種通過喝「仙水」獲得長生術的方法。而「仙水」是由數種「藥劑」配製出來的，藥劑包括能獲得神奇力量的新鮮人血、能促進外形變成魔怪的火龍的鱗角，還有使體內的血液更具活力的巨毒蜘蛛的唾液。其實這種「長生」方法的本質，就是將一個人變成一個魔。

不過這種魔怪在形態上仍然是人形人面，面目雖發暗但和鬼怪那種青面獠牙的樣子還是有極大區別的。這種魔怪因為有正常人的外貌，更容易讓人上當，他們為了長生不老和增長魔力，要不斷地喝「仙水」。

弗朗茲看了書後人完全變了，一心想成為一個長生不老的魔怪，可他雖然通物理、懂機械，但對配製「仙水」一竅不通，更重要的是配「仙水」的「藥方」他無從尋找，於是，他就利用自己掌握的技能為巫師希爾服務，來換取「仙水」喝。

弗朗茲二十多歲就能製造出各種設備，他製作的機械人靈活自如，小飛艇載人能飛十幾米高、幾十公里遠。他為四處作惡、被魔法師聯合會全球通緝的巫師

希爾製作了各種警報裝置，從而使希爾多次逃過了正義魔法師的追蹤。弗朗茲不斷得到「仙水」喝，漸漸地就從人類變成半人半魔，然後是三分人七分魔，最後成了一個不折不扣的人形人面魔。他的血液也從紅色向褐色轉化，最後完全變黑，因此他的皮膚發暗，而體溫也從36℃漸漸變成0℃，這些其實就是一個人形人面魔的特徵。

變成人形人面魔後，弗朗茲的壽命增長了，也有了些魔力。為了獲得更多的「仙水」，他將自己家的一輛汽車進行了改裝，想使它變成會飛的汽車，從而獻給希爾以換取更多的「仙水」。希爾也很想要輛會飛的車，因為他還沒有具備讓汽車在天空飛行的魔力，如果有了會飛的車，不但平常可以開，有時出去作案，一旦被發現時也可以開車飛走，而要是遇到正義魔法師在空中圍捕，駕車從空中混進城市或者夾雜在高速公路中的車輛中也很難被找到。

就在那輛汽車被弗朗茲改造後，能夠飛離地面將近半米的時候，在斯塔福德學院兩位魔法教授的幫助下，魔法師聯合會成功地抓獲了希爾和弗朗茲。希爾被處以絞刑，弗朗茲被解除魔法並判處五十年徒刑，而他雖然被解除了魔法，但已經不可能再變回人類了。

這個案子當時在魔法界極其轟動，博士參加了全部的庭審，當時他就對弗朗茲印象深刻，所以這次一下就認出了這個臉色烏黑的傢伙。

「五十二年了！」博士將詳情告訴了幾個助手後，感歎道，「今年應該是他刑滿釋放後的第二年，沒想到又出來作惡了，真是屢教不改呀。」

「就是，他上次還是改造自己家的汽車，這次乾脆出來搶車了。」海倫看着眼前的這個曾是天才少年的人形魔，「一搶就是好幾輛，肯定是又勾結上哪個壞巫師了，又想換什麼『仙水』喝，我聽說過那本叫《長生術》的書，我們教授說那可不是什麼好書！」

「我想肯定是這樣的。」本傑明點點頭表示同意海倫的說法，然後他拍拍身後的那架「飛機」，說：「他能設計出這麼厲害的東西，看來『本事』是越來越大了。」

「這次他算是惡有惡報。」博士看看死去的弗朗茲，又看看那個年輕人，「看來就是這個年輕人駕駛『飛碟』拍擊我們車頂的，可是他又是誰呢？」

說着博士走近了那個年輕人仔細地看着他。此時年輕人還沒醒，臉色發暗，受到撞擊後他的腦袋上也有一些血污，博士摸了摸他的脖子，手突然一抖。

「他也是個魔怪！」博士不禁喊了一聲，「兩分魔八分人，他正在向魔轉化！」

「啊！」本傑明聽到博士的話也蹲下去摸摸那個人的脖子，「體温是很低。」

「不超過30℃。」博士補充道，「你看他的血，是褐色的……」

「啊？我説幽靈雷達的信號怎麼會那麼弱呢，」本傑明恍然大悟，「原來是個不人不妖的東西。」

正説着話，年輕人慢慢地醒了過來，他用恐懼的眼光看看博士，又看看身邊已經死去的弗朗茲，頓時明白了自己的處境。

「你們不要傷害我……」年輕人開始求饒。

「你要説老實話。」博士説，「你都看見了，弗朗茲已經死了……」

「啊？！」年輕人驚叫一聲，「你認識他？」

「當然認識，我還知道你是兩分魔八分人的人形人面魔，當然你現在還算是人類，但是你已經完全喪失了做人的資格……」

「你，你，你都知道……你是誰？」

「他是倫敦魔幻偵探所的南森博士！」海倫在旁邊得意地説，「我還可以告訴你，我們只是路過，順便就

130

把你們這個案子破了。」

「南森博士……聽說過……」那個傢伙痛苦地閉上了眼睛，「壞事全是他做的，我只是個隨從……你，你們要怎麼處理我？」

「我們沒法處理你！」博士厲聲道，「我要把你交給魔法師聯合會去定罪，現在你要將作案的經過告訴我！」

「不要把我交給他們……我全說了……」

「你叫什麼名字，哪裏人？」

「我叫凱德。」叫凱德的年輕人長出了口氣，「是伯明翰人。」

原來，凱德是弗朗茲的遠房親戚，平時遊手好閒，常招惹是非。兩年前弗朗茲出獄後就找到了凱德，問他想不想長生不老，凱德對此非常着迷。弗朗茲特別狡猾，他在被抓獲前就把一本《長生術》和一瓶「仙水」藏在威爾士地區的一片森林裏——那裏離他家不遠。

凱德看了那本《長生術》後立即着魔，成為了弗朗茲的「徒弟」，那瓶「仙水」弗朗茲「慷慨」地讓凱德喝了大半瓶。很快，被解除掉魔法的弗朗茲恢復了些法力，而凱德則失去了兩分人性，換來兩分魔性。弗朗茲一出獄就四處尋找能為他提供「仙水」的巫師，但沒有

找到。

弗朗茲知道沒有拿得出手的好東西，無法去和巫師交換那些「寶貴」的「仙水」，於是故伎重演，邊打探巫師的下落邊研製會飛的汽車。他知道那些沒有辦法讓汽車飛行的巫師肯定會對飛行的汽車感興趣，也一定會用「仙水」來換會飛的車。

大約一年前弗朗茲決定改裝豪華車，豪華車馬力大，乘坐更舒適。因為他所改造的飛行車將用於犯罪，極有可能遭到魔法師的圍捕攻擊，所以防碰撞、抗擊打能力要強，只有豪華車才更適合於弗朗茲的計劃──在車上加裝鋼板。不過弗朗茲出獄後沒有任何收入買不起車，幾次偷車都沒成功──豪華車的防盜裝置是極難對付的。於是他一不做二不休，乾脆和凱德開始策劃劫車搶車。

弗朗茲利用大半年的時間，組裝成了一架大「飛機」和一架小「飛碟」，這兩架飛行器其實在他五十多年前被捕時就基本製造完畢了，警方當時沒有發現它們。弗朗茲將兩架飛行器改造得性能更加良好，甚至還能潛水，並且還在大「飛機」上安裝了火力裝置。

研製好用於劫車的飛行器具後，他和凱德進一步實施劫車計劃，劫車地點是由凱德選定的。上星期警察搜

索過這一帶的森林，當時他們就躲到水裏去了，警察當然找不到。

「你們是怎麼識別豪華車的呢？」博士對這個問題很感興趣。

「我們在路段兩端各放了一個識別器，識別器能夠準確地識別各種車輛發動機發出的聲波，從而判斷汽車的品牌，再把信息及時發給我們。」

「我說你們怎麼不劫持我那輛老爺車呢。」博士恍然大悟地道，「如果是豪華車開過來你們怎麼辦呢？」

「我……我駕駛小的飛行器飛過去，先拍擊汽車的頂部。」凱德老老實實地交代着，「等車主下車後我就嚇唬他，能嚇暈最好，不然就操縱飛行器撞他的頭，怪笑聲也是我發出的，人被擊倒後，我就從飛行器裏伸出三個強力吸盤吸住汽車。把它運到水塘那裏，弗朗茲會從水下升起大飛行器，將汽車運進去後再潛入水中。」

博士、海倫和本傑明認真地聽凱德交代着他們的罪行，當聽到說他們把被劫汽車都吊進森林、裝進大「飛機」的時候，博士打斷了凱德。

「那些汽車全被裝進這裏了？」博士看看那個被擊落的大「飛機」，疑惑地問道，「好像裝不下四輛車吧？」

「是裝不下，我們一般裝上一輛車後潛下水，看看沒什麼動靜就把車運到弗朗茲在威爾士的家裏，來回一次用不了多少時間的。」凱德看看博士，然後用手指着大「飛機」，「前幾個小時搶的平治車還在那裏，還沒運走就探測到你們開着輛保時捷來了，弗朗茲叫我再搶一輛，本來我不想搶了，但是我看到先前那個被搶的人還躺在那裏，以為警察還沒有發現……」

聽到這裏，博士微微一笑，心想安德森躺在那裏確實起了不小的迷惑作用。

「怪不得精靈們聽見這裏有水聲，還看見光亮。」本傑明拍拍自己的腦袋，「你們得手後看看沒什麼情況就運走汽車，出入還挺頻繁的。」

「我有個問題。」這時，保羅突然開了口，「你們把飛行器給那些巫師換『仙水』就行了，為什麼要偷汽車？」

「嗨，這還不好回答？」本傑明搶過話，「這種樣式的飛行器要是被追捕怎麼混進其他車輛呀，那還不被人家一眼認出呀？」

「是，是這樣的。」凱德説。

「那他不會把飛行器的外形改成汽車嗎？」保羅還是不依不饒地問，「他年輕的時候不是就造出飛艇了

134

嗎？」

「弗朗茲也想過，可他不懂什麼美術，也缺乏專業製造工具，製造的東西都很難看，其實他還沒被捕前也曾試着自己動手製造一輛會飛的車，可造出來發現實在難看，只好用現成的汽車進行改裝，可剛開始改裝就被抓了。」凱德對保羅説，「弗朗茲還告訴我，巫師堅決不要外表難看、坐着也不舒適的汽車，他説表殼坑坑窪窪的汽車混進其他車輛也會很快被認出的。」

「的確，這兩架飛行器也不好看。」保羅算是認可凱德的説法。

「喂，我也有個問題，怎麼那個大的飛行器尾部有動力裝置，還會噴火，你這個小『飛碟』怎麼不會發光？」海倫問道。

「弗朗茲那個飛行器動力裝置類似飛機的發動機，我的這個使用的是蓄電池，所以不發光。」

「還真是高科技。」海倫深感弗朗茲的技術高超，慨歎道，「看看你們，居然用高科技幹罪惡的事。」

「我説凱德，你們不知道埃文河橋這裏距離斯塔福位學院很近嗎？」博士接着問道，「你倆還敢在這裏劫車？」

「我們想過這個問題，不過弗朗茲覺得我們藏在水

塘下不會被輕易發現……」

「嗯。」博士點點頭說，「藏在飛行器裏還躲在水下，難怪小精靈飛過來也沒發現。」

「還有，還有就是……」凱德抬頭看看博士，欲言又止。

「就是什麼？」

「我自己駕駛的那個飛行器被套上斗篷，戴上鬼面具，不僅僅是要嚇唬那些受害人，我們還想轉移視線，讓警方和魔法師認為這是鬼怪或是幽靈作案。」凱德慢吞吞地說，他和博士對視了一下，馬上低下頭。

「嗯，又是一個『好主意』！」博士不無諷刺地說道。

「再說，弗朗茲因為曾被斯塔福德學院的教授抓住，他一直不服氣，一開始我說這裏離斯塔福德太近，我們最好還是換個地方，可是弗朗茲說偏要在這裏，他覺得斯塔福德的人再厲害也拿我們沒辦法……」

「他倒是挺有自信的。」博士冷笑了一聲。

「你們在水塘邊按過汽車喇叭吧？」本傑明想起小精靈說曾經聽到水塘方向有汽車喇叭聲。

「那是我按的，我當時太高興了……弗朗茲為此還罵了我……」

「那你們到底改造出會飛的汽車了嗎？」博士問。

「還沒有，我們上星期才剛劫到車，還沒弄出來。」

「嗯，這我倒是相信……」博士轉身看看那架大「飛機」，點點頭，「對了，你說老實話，你們找到巫師了嗎？」

「沒有，請相信我。」凱德喊起來，「我們確實在找，可是真難找呀……」

博士看着他，沒有說相信也沒說不相信，他決定將凱德交給魔法師聯合會的魔法警察，他們會公正審訊這個傢伙。

突然，不遠處的密林裏傳來嘈雜的聲音，博士的神經立刻又緊張起來。

「南森博士——你們在哪裏？」隨着話音，探長帶着六、七個警察荷槍實彈地跑了過來。

遠處，傳來警笛大作的聲

音，天空中，兩架直升機向這邊飛來，上面的探照燈不停晃動，把這片地區照亮了，這裏一下就變得熱鬧起來。

　　「看看，」保羅若有所思地望着天空中的直升機，「就像電影裏一樣，每次事件結束後大批警察才會匆匆趕來。」

　　本傑明聽到這話對保羅擠擠眼睛，大家全都笑了起來。

尾聲

一場不期而至的戰鬥結束了，魔幻偵探所的全體成員都長出了一口氣。天空中，烏雲散去，月亮開始露出來了。

「還好不會耽誤明天觀看球賽。」博士心想。

現場很快得到清理，大小兩架飛行器被警方沒收。安德森的平治車從那架「飛機」裏「救」了出來還給了他，雖有撞損但是安德森還是很高興。

博士通知魔法師聯合會的人前來幫助處理案件。聯合會派來四名魔法警察，他們和皇家警察一起押着凱德去弗朗茲在威爾士的家裏，在那裏他們找到了另外幾輛被劫走的豪華車。

凱德最終交由魔法師聯合會審理。

結局很完美，博士偵破了案件，還有就是在第二天的比賽中，他所喜愛的伯明翰隊大獲全勝。第二天晚上，他們回到了倫敦。

剛走進魔幻偵探所的辦公室，博士就接到一個電話。「博士先生，你說話不算數！」電話那頭的人說。

「我？」博士一時不知怎麼回事，「你是？」

「我是菲力浦，你答應過我，破案以後要和我合照留念的，怎麼一下子就走了？」

「啊！不好意思，不好意思。」博士連忙道歉，「真是抱歉，昨晚破案後還要處理了一些事情，你在什麼地方？我去找你合照吧，或者你來找我也可以，我就住在倫敦貝克街1號，旁邊不遠處就是福爾摩斯的故居，你來時我親自去接你，萬分感謝你昨天晚上的慷慨幫助……」

又過了幾天，一隻小山雀飛到偵探所，將一張小紙條交給了博士。博士看過紙條後笑了，他馬上找來幾個助手。

「看來我們還要去埃文河橋那邊一次。」

「又有案件嗎？」海倫不解地問。

「哈哈，當然不是。精靈兄弟來信了，說我們說話不算話，還沒有到他們那裏去聊天……」

麥克警長，蘇格蘭場（倫敦警察廳）高級督察，南森和警方的聯絡人，也是一名大偵探，屢破奇案。當然，他所偵辦的都是人類世界中的案件。一起來看看他偵辦過的案件，運用你的推理能力，想一想他是如何破案的呢？

手機在哪裏

看電影是麥克警長的休閒方式之一，這天，他來到了電影院看電影。麥克警長坐在倒數第三排的中間位置，這是他最喜歡觀看電影的位置，觀眾正在入場，已經坐了二、三十人了。

「……你交出來，你把手機還給我——」一個聲音突然傳來，麥克警長立即看去，只見他前面一排左邊靠近走廊的地方，有一個女士拉着身邊的男子，很是生氣地喊着，「一定是你拿的！」

「我沒有，你別冤枉我，你自己丟在哪裏了？」男子說道，聲音很大。

「你們好，請不要在影院裏大聲喧嘩，電影過十分

鐘就開始了……」門口檢票的工作人員走過來説道。

「先生，我的手機不見了，我明明把手機放進手袋的呀，手袋在我和這個人之間，我剛才從手袋裏拿水的時候，發現手機不見了。」女士説，「我剛才察覺到這個人的手在我的袋這邊動，但沒想他會偷我的東西，然後我就想拿水喝，水在手袋裏，我發現手機不見了。我怕吵到大家，手機也關機了，現在也沒辦法打電話找。」

「我沒拿你的手機，也沒翻你的手袋。」男子否認説。

「如果是這樣，我只能報警解決了。」工作人員説。

「不用那麼嚴重吧？」男子説着就從口袋裏掏出了一部手機，「這是我的手機，現在我要求搜我的身，看看有沒有另外一部手機，請吧，是我要求的，不是你們強迫的。」

工作人員搜了一下男子，沒找到手機，隨後在座位下找，他擔心女士的手機掉在座位下了，男子的座位緊靠着通道，前面一個女士的風衣搭在靠走廊的椅子扶手上，衣服擋住了椅子下面的視線，她也主動把衣服拿起來讓工作人員檢查。經過大家的尋找，沒發現手機。

「可是我進影院後還拿着手機呀……」女士説着拿

起手袋，滿臉羞愧，「對不起，可能丟在外面了，我剛才在旁邊咖啡館坐了一會⋯⋯」

女士走了。男子笑着坐下，工作人員也回到了門口的崗位。電影馬上就要開始了。不過麥克警長緊緊地盯住了那個男子。

影院的燈都熄滅了，電影開始了。一分鐘後，那個男子在黑暗中做了個動作，起身就走。麥克警長立即跟上，那人剛出放映廳的門，麥克警長就拉住了他。

「交出來吧，你知道我說的是什麼，我都看見了。」麥克警長邊說邊向那人出示了自己的委任證。

男子無奈地交出了一部手機，證實他偷竊那位女士的手機。

請問，麥克警長是怎麼判斷出男子偷手機的？手機被男子藏在了什麼地方？

答案：電影剛放映一分鐘男子就起身，一定有可問題。手機被男子藏在了胸前好夭穿掛在脖子上的圍巾之中，所以摸一摸圍巾，警察聞聲便後他偷出手機後。

魔幻偵探所 4

五號公路魔影（修訂版）

作　　者：關景峰

繪　　圖：陳焯嘉

責任編輯：葉楚溶

美術設計：李成宇

出　　版：新雅文化事業有限公司

　　　　　香港英皇道499號北角工業大廈18樓

　　　　　電話：（852）2138 7998

　　　　　傳真：（852）2597 4003

　　　　　網址：http://www.sunya.com.hk

　　　　　電郵：marketing@sunya.com.hk

發　　行：香港聯合書刊物流有限公司

　　　　　香港新界大埔汀麗路36號中華商務印刷大廈3字樓

　　　　　電話：（852）2150 2100

　　　　　傳真：（852）2407 3062

　　　　　電郵：info@suplogistics.com.hk

印　　刷：中華商務彩色印刷有限公司

　　　　　香港新界大埔汀麗路36號

版　　次：二○一九年八月初版

ISBN : 978-962-08-7339-3